rowohlt
PAPERBACK

D1856338

Maiken Nielsen

lonablog.com

Roman

Rowohlt Taschenbuch Verlag

Liebe
5.2
Nie
ausgeschieden
am 19.5.2022
Kreisbücherei Landkreis Wolfenbüttel
461
2010

Originalausgabe
Veröffentlicht im Rowohlt Taschenbuch Verlag,
Reinbek bei Hamburg, März 2010
Copyright © 2010 by Rowohlt Verlag GmbH,
Reinbek bei Hamburg
Lektorat Silke Kramer
Umschlaggestaltung any.way,
Barbara Hanke/Cordula Schmidt
(Abbildung: Siephoto/Masterfile)
Satz TheSerif PostScript, InDesign, bei
Pinkuin Satz und Datentechnik, Berlin
Druck und Bindung CPI – Clausen & Bosse, Leck
Printed in Germany
ISBN 978 3 499 21543 8

25. juli, 22:42 h

Heute in Pompeji habe ich sie vor mir gesehen. Sie läuft, als wäre ihr irgendein wahnsinniger römischer Gott auf den Fersen. Einer, der sich nach Feierabend damit vergnügt, Leute an Felsen zu ketten oder ihnen das Feuer zu stehlen. Ihre schwarzen Haare haben sich aus der Hochsteckfrisur gelöst und flattern hinter ihr her. Doch wohin sie auch läuft, stößt sie an die Mauern, die die Stadt umsäumen. Sie hat das Gefühl zu ersticken. Pompeji ist viel zu klein, viel zu eng. Sie rennt die Via del Vesuvio zum Wasserkastell hinauf. An Lorenzo vorbei, der auf einer sonnenbeschienenen Mauer vor seiner Garküche Kiemen, Innereien und Thunfischblut ausbreitet, um Fischsauce daraus zu machen. Sie hebt die Hand, um Pietro zu grüßen, der seine achteckigen Brote feilbietet, und dann wirft sie einen schnellen Blick zu dem Haus mit den Graffiti nackter Leiber hinüber, in dem sich Männer und Frauen für ein paar Stunden treffen. Höher, immer höher hinauf läuft sie, schon kann sie das Meer sehen, das sich strahlend blau bis ans Ende der Welt erstreckt. Was gäbe sie nicht dafür, ein Mann zu sein und fortzusegeln! All den fremden Ländern entgegen, die sich hinter dem Horizont befinden, in denen sich schwarzhäutige Menschen vor einer sengenden Sonne schützen, mit wunderschönen Tempeln, in denen die Menschen zu unbekannten Göttern beten. Sie wünschte sich, sie könnte einmal den hohen Norden besuchen, wo das Wasser in einem beständigen leisen Strahl vom Himmel fällt. Alles, nur nicht an dem Ort versauern, an dem sie geboren ist, nur nicht ihr Leben lang dasselbe sehen und tun!

Und plötzlich hat sie eine Idee. Sie ist zwar kein Junge, aber sie könnte so tun als ob! Sie könnte auf einem Schiff anheuern, auf dem sie niemand kennt! So verblüfft ist sie von dieser Eingebung, dass sie sich einfach auf die Mauer fallen lässt, die das Wasserkastell umgibt. Sie ist jetzt auf dem höchsten Punkt Pompejis angelangt. Auf einmal ist sie glücklich. Wie berauscht. Unter sich erkennt sie das große Amphitheater, in dem sie so manches Mal gesessen hat, um dem Spiel auf der Bühne zuzusehen. Ja, so wird sie es machen. Einfach fortsegeln, um die Welt zu erkunden. Und erst wenn sie alles gesehen hat, beschließt sie, kommt sie wieder zurück.

So vertieft ist sie in ihre Gedanken, dass sie nicht bemerkt, was unter ihr geschieht. Doch mit einem Mal spürt sie, wie die Erde unter ihr bebt. Die nächste Erschütterung ist so heftig, dass sie aufspringt und über den Rand der Mauern nach unten blickt. Da steht es, das Haus, in dem sie aufgewachsen ist. Von hier oben sieht es wie eines dieser Spielzeughäuser aus Marmorsplittern aus, mit denen sie als Kind gespielt hat. Sie kann die kleinen Schwestern sehen, die schreiend aus dem Haus herausgelaufen kommen. Sie scharen sich um den Brunnen, an dem schon die anderen aus der Straße stehen und aufgeregt zum Forum Triangolare hinüberdeuten, das auf einem Lavafelsen steht. Und dann schreit sie selbst. Ein ohrenbetäubender Lärm erfüllt die Stadt. Das Forum bröckelt. Das Dach von Lorenzos Garküche stürzt ein. Das Dach von Pietros Bäckerei. Das Dach, in dem sich die Männer und Frauen treffen. Das Nachbarhaus. Wie Perlen auf einer Schnur reihen sich die Explosionen aneinander. Sie sieht, wie der Brunnen birst, um den sich die kleinen Schwestern scharen. Wie sie in die Luft geschleudert werden. Wie sie zu Boden fallen, sich nicht mehr regen, nicht einmal mehr schreien. Sie will wieder laufen, diesmal heim zur Familie, nicht mehr fort, nein, sie will bei den Schwestern sein, sie beschützen, aber die Beine gehorchen ihr nicht mehr. Erst jetzt bemerkt sie, dass sich der Boden unter ihr aufgetan hat und ihr rechtes Bein in einer Felsspalte steckt. Sie betrachtet den Vesuv, diesen mächtigen Berg, dessen Anblick ihr mit den Jahren so lieb und vertraut geworden ist. Der Vesuv zittert. Und plötzlich schießt mit einem gewaltigen Knall eine riesige schwarze Wolke aus seinem Schlund in den Himmel hinauf. Im nächsten Moment öffnet sich die Wolke. Schwarzer Ascheregen und Bimssteine prasseln auf die Stadt. Rotglühende Lava kriecht aus dem Vesuv in Richtung Tal. Sie spürt, wie ihr das Atmen schwerer fällt. Dichter, stinkender Qualm erfüllt die Luft. Sie sieht das Meer, das sich vor ihr aufwölbt. Eine gewaltige Flutwelle wirft die flüchtenden Schiffe in den Hafen zurück. Sie schließt die Augen und sieht all das vor sich, was sie in ihrem Leben geliebt hat. Und sie weiß: Jetzt bleibt sie für immer hier.

Ich sitze an Deck und schreibe. Über mir funkeln die Galaxien. Wir durchqueren mit dem Dampfer das Tyrrhenische Meer. Morgen früh erreichen wir die Liparischen Inseln, Stromboli zuerst, dann Panarea, Lipari und Vulcano. Noch immer habe ich mich nicht entschieden, wo ich aussteigen werde. Noch immer weiß ich nicht, was ich tun soll, um das Beste aus diesem Jahr herauszuholen. Denn als ich heute in Pompeji war, dieser Stadt, in der alles noch so aussieht wie zum Zeitpunkt ihres Untergangs durch den Vulkanausbruch vor fast zweitausend Jahren, habe ich eine Ahnung davon bekommen, was es heißt: Jeder Tag könnte der letzte sein.

27. juli, 10:02h

Buon giorno und herzlich willkommen auf Vulcano, der wohl am schlimmsten riechenden Insel der Welt! Ich sitze in einem Café, vor mir auf dem Tisch ein mit Marmelade gefülltes Dolce, einen dampfenden Milchkaffee und den Laptop, und blicke auf das Meer hinaus. Unterseeische Schwefelquellen schießen blubbernd ins Wasser und füllen es mit gelblichem, flockigem Etwas, das qualmend in den Wellen treibt. Ich weiß nicht, ob ihr schon mal an einem Ort gewesen seid, der so dermaßen vulkanisch ist, dass alles, einfach alles nach Schwefel stinkt? Ich bislang jedenfalls nicht. Als ich gestern früh hier von Bord gegangen bin, habe ich jedenfalls kurz gezögert. Und wäre tatsächlich um ein Haar auf das Schiff zurückgekehrt. Denn schon beim Anlegen verschlägt es einem schier den Atem. Schwefelige Gase erfüllen die Luft. Minuten später legt man sich eine Haarsträhne unter die Nase und denkt: Teufel auch, diesen Geruch kriege ich *nie* wieder heraus! Und diese Einschätzung erweist sich nach einer ausgiebigen Dusche als richtig. Der Geruch bleibt an einem haften wie ein altes Kaugummi. Man kann ihn unter großzügigem Einsatz von Shampoo, Duschgel, Deo und blumig duftendem Parfüm höchstens ein wenig abmildern. Aber davon abgesehen, ist es hier wunderschön!

27. juli, 20:32h

Bin von Kopf bis Fuß mit schleimigem Schwefel bedeckt und drehe gleich durch. Nein, dies ist keine Beauty-Behandlung. Ich bin das klassische Opfer eines defekten Wassertanks. Was bedeutet, dass die Dusche im «Casa mia» bis auf weiteres nicht mehr funktioniert. War vorhin spontan im Meer. Und das habe ich jetzt davon! Just in dem Moment, in dem ich mir die Haare mit Shampoo eingeschäumt hatte, ist das Wasser in der Leitung versiegt. Wenig später rief der Wirt entschuldigende Worte von außen zu mir herein. Bringt mich aber auch nicht weiter. Gut, dass es im World Wide Web noch keinen Geruchsanzeiger gibt. Weiß einer von euch zufällig, wie faule Eier riechen? Ich sage euch, das ist die reinste Blumenwiese im Vergleich zu dem, was mir gerade widerfährt. Mit jeder Minute, die ich hier sitze, trocknet der Schwefel ein bisschen mehr an meiner Haut. Noch eine halbe Stunde, und ich sehe vermutlich aus wie eine außerirdische Patientin bei einem galaktischen Dermatologen. Außerdem habe ich so krassen Hunger, ich könnte jetzt eine Pizza vom Ausmaß eines Wagenrads vertilgen! Aber in meinem gegenwärtigen Zustand – keine Chance. Meine Anwesenheit in einer Pizzeria wäre, gelinde ausgedrückt, geschäftsschädigend. Okay, nicht dran denken. Ablenkung.

Erst einmal vielen, lieben Dank für die zahlreichen Kommentare! Marie, ich würde alles dafür geben, könntest du jetzt bei mir sein! Auch mein gegenwärtiger Zustand wäre leichter zu ertragen! Ich denke ständig daran, wie wir beide die Reise zusammen geplant haben ... Und ich hoffe, ich bete, du kommst noch nach!!!

Verehrte Vulkanfreunde, vielen Dank auch für eure Anregungen! Einige Besucher haben mich gebeten, mich kurz vorzustellen, das will ich gerne tun. Also, ich heiße Lona, habe gerade Abi gemacht, komme aus Hamburg und bin 18 Jahre alt. Ich habe einen dänischen Namen, weil meine Mutter Dänin ist. Von meinem Vater habe ich den italienischen Nachnamen geerbt. Meine Großeltern sind Sizilianer. Sie sind auf Salina aufgewachsen, einer Insel, die nordwestlich von Lipari liegt. Ein Teil meiner Familie lebt immer noch dort. In diesem Blog beschreibe ich meine Reise. Ich habe vor, ein Jahr unterwegs zu sein. Wovon ich das bezahlen soll, weiß ich noch nicht. Ich bin mit etwas Kapital gestartet. Der Rest ergibt sich dann hoffentlich. Meine Reiseroute habe ich nur grob geplant. Auf jeden Fall erstmals Afrika. Ich möchte den Kontinent bis zum äußersten Südzipfel durchqueren, weiß aber noch nicht, durch welche Länder ich reisen will. Südostasien reizt mich auch, dort möchte ich den Winter verbringen. Eigentlich mag ich alle Kontinente. Hauptsache, ich sehe etwas von der Welt.

Aber jetzt brauche ich erst einmal dringend etwas zu essen. Sonst klappe ich gleich zusammen! Ganz egal, wie ich aussehe.

28. juli, 0:52h

Es ist ein seltsames Gefühl, als jemand unterwegs zu sein, vor dem man sich erschrickt. Halloween im Sommer, ganz ohne Verkleidung. Als ich vorhin die Pension verließ, habe ich es wohlweislich unterlassen, vorher noch einmal in den Spiegel zu blicken. Aber auch so war mir klar, dass ich nicht wie «Pretty Woman» aussah. Sondern mehr wie der «Elephant Man». Der getrocknete Schwefel hing an meinen Armen und Beinen, dass es aussah, als wäre mir meine Haut eine Nummer zu groß. Daher wohl auch der Ausdruck, dass etwas an einem klebt wie «Pech und Schwefel». Geht einfach nicht ab, das Zeug. Mein shampooniertes und mittlerweile ebenfalls getrocknetes Haar klebte am Kopf, notdürftig habe ich ein Tuch darüber gewickelt. Auf Vulcano gibt es leider keine Pizza-Stände, wie ich sie aus Rom oder Neapel kenne, sondern nur Trattorien, in denen vor allem Einheimische verkehren. Mit dem Tourismus ist es hier nicht besonders weit her, was auch nicht verwundert, wenn man den Zustand gewisser Duschen bedenkt …

Ich durchquere also das Dorf in Richtung Strandabschnitt mit dem verheißungsvollen Namen «acqua di bagno» und lache höhnisch in mich hinein, als ich das Hinweisschild lese, denn «acqua di bagno» heißt auf Deutsch «Badewasser», aber genau das gibt es hier nicht. Zum Glück sind zu dieser Uhrzeit kaum Menschen unterwegs. Am Ende der Straße erkenne ich die Umrisse eines Mannes, der mir den Rücken zugewandt hat und still auf das Wasser schaut. Als er meine Schritte hört, dreht er sich um, sieht mich – und reißt vor Erstaunen die Augen auf. So würdevoll ich kann, beuge ich mein shampooniertes Haupt und grüße ihn mit «buona sera».

Es dauert ein paar Sekunden, bis er meinen Gruß erwidert. Natürlich – jemanden wie mich hat er vermutlich noch nie gesehen. «Buona sera», erwidert er schließlich. An seinem Akzent höre ich, dass er Deutscher ist.

«Kennst du hier zufällig einen Laden, der Pizza auch zum Mitnehmen verkauft?», frage ich ihn und reibe über meinen Arm, von dem die getrockneten Schwefelreste abpellen wie die Hautfetzen nach überstandenem Scharlach. «So traue ich mich nirgendwo rein!»

Der Typ fängt an zu lachen. Und ich erkenne, dass er höchstens ein paar Jahre älter ist als ich. Er mustert mich. «Das würde ich mich auch nicht trauen an deiner Stelle. Aber Geld hast du schon noch, um dir ein Stück Pizza zu leisten?»

«O ja.» Ich mache eine weit ausholende Geste, die wohl vermuten lässt, ich hätte Euronen wie Heu. «Ich brauche lediglich eine Dusche. In meiner Pension ist das Wasser ausgegangen.»

In seinen Mundwinkeln zuckt es. Ich spüre, wie er wieder mit dem Lachen kämpft. «Setz dich», sagt er und deutet auf den Strand hinter sich. «Ich hol dir was. Irgendwelche Vorlieben, was den Pizzabelag anbelangt?»

«Danke», sage ich und versuche, ein Lächeln zustande zu bringen, was mit meinem verkrusteten Gesicht nicht ganz einfach ist. «Hätte gern irgendwas ohne Schwefel.»

Die Sonne versinkt als riesiger Feuerball im Meer. Vor mir blubbert und zischt das Wasser. Es sieht ein bisschen aus wie Eierstich, die Suppe, die meine dänische Großmutter manchmal kocht. Der Qualm, der aus der Eierstichsuppe aufsteigt, wirkt rosa im Schein des untergehenden Lichts. Ich bin versucht, erneut zu baden. So bekäme ich wenigstens das Shampoo aus meinem Haar. Dafür würden dann aber leider wieder die gelbflockigen, stinkenden Teile drin hängen. Es ist wie die Entscheidung zwischen Pest und Cholera.

Hinter mir knirschen Schritte im Sand. Der Typ ist

wieder da. «Ich habe mich übrigens noch gar nicht vorgestellt.» Er lächelt, während er mir einen großen, viereckigen Karton reicht. Ich klappe den Deckel auf. Eine lecker aussehende Pizza dampft darin. Sie ist mit rohen Zwiebelringen belegt. Na, phantastisch. Wenn ich die gegessen habe, rieche ich auch noch aus dem Mund. «Ich heiße Marc.»

«Und ich Lona», sage ich. «Tausend Dank für deine Mühe! Es kann sein, dass du mir heute Abend das Leben gerettet hast!»

Er sieht zu, wie ich heißhungrig in das erste Stück beiße, und ich bemerke, dass er schon wieder lächelt. Um ihn von mir abzulenken, frage ich ihn, ob er auf Urlaubsreise sei, aber statt mit Ja oder Nein zu antworten, blickt er mir nur merkwürdig lange in die Augen. «So etwas in der Art. Und du?»

Wie um das Bild von dem übelriechenden, abstoßend aussehenden Mädchen abzurunden, antworte ich mit vollem Mund. «Auch so etwas in der Art.»

«Was heißt das?»

Ich erkläre ihm, dass ich gerade mit der Schule fertig bin und keine Ahnung habe, was ich später machen werde. Dass ich jetzt erst einmal Zeit zum Nachdenken brauche. Und dass ich die Welt sehen will. Er nickt und stellt mir immer mehr Fragen. Über meine Eltern, und darüber, wie es ist, mit drei Sprachen aufzuwachsen, ob ich mich als Dänin, Deutsche oder Italienerin fühle.

«Als Deutsche», sage ich. Schließlich bin ich in Deutschland aufgewachsen, habe deutsche Freunde, bin auf eine deutsche Schule gegangen.

Die Mischung aus getrocknetem Meersalz und

vulkanischen Auswürfen prickelt auf meiner Haut. Ich stehe auf und strecke mich. Dabei fällt mein Blick auf eine Handvoll Jungs, die vor einem Sandberg Kampfposen ausprobieren und sich dabei mit allerlei Namen belegen, die wenig schmeichelhaft klingen. «Ich muss mich jetzt unbedingt bewegen», sage ich und deute auf den Sandberg. «Klettern wir da mal rauf?»

«Ich weiß nicht, ob das erlaubt ist», antwortet Marc. «Ich habe heute mit einem Forscherteam gesprochen, das trägt da Gesteinsproben ab.»

Gesteinsproben?! Mein langweiliger Physikunterricht fällt mir wieder ein. «Ist ja der Hammer!», rufe ich ironisch. «Dann nichts wie hin!»

Marc erhebt sich ebenfalls. Etwas zögerlich, wie mir scheint. Gemeinsam erklimmen wir den kleinen Berg über einen befestigten Weg. Kurz vor der Spitze endet er, und wir erkennen ein Schild, auf dem unmissverständlich «ingresso vietato», also «Betreten verboten», steht. Ich schiebe die kleine Holzpforte auf – und stehe vor einer Baugrube, in der es dunkelrot schimmert. Die Strahlen der untergehenden Sonne spiegeln sich im Wasser, mit dem die Grube gefüllt ist.

In diesem Augenblick zucken blaue Lichter zu uns herauf. Auf der Straße, die vor dem Strand endet, steht ein Polizeiwagen. Wütende Rufe dringen zu uns herauf.

Scheiße, die Carabinieri!, denke ich, packe Marc am Ärmel, und gemeinsam laufen wir den Sandberg wieder hinab. Auf der Seite, die von der Straße abgewandt ist, springen wir hinunter und rennen am Strand entlang, fort von der Dorfstraße, hin zu einer Mole, die ins Meer hineinragt. Ich will einfach nur der Polizei entkommen. Hinter uns hören wir Schreie, aber wir kümmern uns nicht darum, rennen immer weiter, was nicht einfach ist, denn unsere Füße versinken tief im trockenen Sand. Mir wird sehr heiß, und gleichzeitig beginnt meine Haut fürchterlich zu jucken. Ich sehe schon die Verbrecherfotos vor meinem geistigen Auge, die die Carabinieri von mir machen, wenn ich erst einmal in ihren Fängen bin, einmal von vorne und je einmal rechts und links im Profil, mit schwefelbedeckter Haut und der wohl auffälligsten Frisur seit Erfindung des Bienenkorbs. Endlich erreichen wir ein Haus, hinter dem eine kleine Straße abbiegt. Geduckt rennen wir um die Ecke. Hier ist alles still. In den wenigsten Häusern brennt noch Licht. Palmen ragen schwarz in den immer dunkler werdenden Himmel. Eine Katze jagt miauend vor uns über den Weg. Auf einmal bleibt Marc neben mir stehen und grinst mich an. «Genug bewegt, Lona?», will er wissen.

«Es geht hier nicht um Sport», stoße ich atemlos hervor und packe ihn am Arm. «Die Polizei ist hinter uns her!»

Da lacht er wieder, genauso plötzlich und ausgelassen wie vorhin.

«Was ist?», frage ich verblüfft. Ich habe Seitenstechen, mein Herz klopft zum Zerspringen, und mein shampoonierter Kopf prickelt, dass es nicht mehr zu ertragen ist.

«Die Polizisten waren doch wegen der Jungen am Strand», lacht Marc. «Zwei von denen haben sie gleich einkassiert. Hast du das denn nicht gesehen?»

«Nein. Ich war damit beschäftigt, meiner eigenen Verhaftung zu entgehen.» Im Schein einer Straßenlaterne mustere ich sein Gesicht. Er sieht gut aus, bemerke ich auf einmal. Er hat braune Haare und braune Augen und ein fröhliches Gesicht. «Willst du damit etwa sagen, dass wir vollkommen grundlos geflüchtet sind?»

Marc hebt die Schultern. «Ich dachte, du hättest Lust gehabt, nach dem Essen eine Runde laufen zu gehen! Hielt das für eine Gewohnheit von dir.»

Ich muss so sehr lachen, dass ich vornüberkippe. «Das ist jetzt nicht wahr, oder?»

Es ist stockfinster, als wir endlich vor meiner Pension stehen und uns voneinander verabschieden. Ich will Marc Geld für die Pizza geben, doch er wehrt ab. «Es war mir ein Vergnügen», sagt er wie ein Gentleman aus einem alten Film.

Als er davongeht, fällt mir auf, dass ich überhaupt nichts über ihn weiß.

29. juli, 17:12h

Heute habe ich mir eine Vespa gemietet und bin ins Inselinnere aufgebrochen, um mir den Gran Cratere aus der Nähe anzuschauen. Und nein, ihr braucht keine Bedenken zu haben! Das letzte Mal ist der Vulkan 1890 ausgebrochen, davon ist er noch immer vollkommen erschöpft. Berge, auch die feuerspeienden, denken bekanntlich in anderen Dimensionen. Die meisten von ihnen sind schließlich Hunderttausende, wenn nicht Millionen Jahre alt. So eine Vulkan-Siesta kann locker ganze Menschheitsepochen dauern. Ehe es sich der Vulkan versieht, ist das Römische Reich zusammengebrochen und die Erfindung von Computern steht bevor! Und ja, ich weiß, dass ruhend nicht gleich erloschen bedeutet, Mama. Aber deine Sorgen sind wirklich unbegründet. Der Krater steht unter ständiger Beobachtung, und vor einer Eruption wird rechtzeitig gewarnt!

Es ist ein etwas unwirkliches Gefühl, oben am Kraterrand zu stehen und in den dampfenden Schlund zu schauen. Rings um den Krater ziehen sich Risse durch das Gestein. Heißer Dampf steigt daraus empor. Es stinkt wie Hölle. Aber was auf den ersten Blick wie ein einheitlicher Angriff auf die Geruchsnerven von uns Wanderern aussieht, sind in Wahrheit verschiedene Stoffe. Ein paar Chemiestudentinnen, die mit Atemmasken gekommen waren, haben mir erklärt, dass der Qualm aus Wasserstoff, Schwefeldioxid und Schwefelwasserstoff besteht. Auch warnten sie mich davor, mich dort hinzusetzen, wo der Boden gelb verfärbt ist. Zusammen mit Wasser bilden die schwefeligen Ablagerungen nämlich eine leichte Schwefelsäure, und die greift das Gewebe an. Dass das stimmt, konnte ich erkennen, als ich einmal kurz meinen Rucksack absetzte, und zwar just auf einen dieser gelben Flecken. Der Stoffboden war anschließend versengt!

Der Schwefelgestank ist ja mittlerweile mein ständiger Begleiter geworden, sodass ich allmählich auch in der Lage bin, andere Gerüche wahrzunehmen. Und das ist eine feine Sache, denn wenn man sich nur ein bisschen vom Kraterrand entfernt, riecht man den gelben Ginster, der hier überall blüht. Von hier oben hatte ich den allerherrlichsten Blick auf die anderen Inseln im Archipel. Im Norden konnte ich die Hauptinsel erkennen, Lipari, und nordwestlich davon die zweitgrößte der Inselgruppe, Salina, erkennbar an ihren Zwillingsgipfeln. Noch weiter westlich davon zwei winzige Punkte im Tyrrhenischen Meer, Filicudi und Alicudi, und im Osten Panarea, das italienische Sylt. Dorthin jettet angeblich alles, was blondiert und mit Berlusconi befreundet ist. Nördlich davon liegt Stromboli, mit dem immer noch aktiven Vulkan.

Sieben schöne Schwestern, vor Zehntausenden von Jahren vom heißen Erdinneren auf den Wasserspiegel gespien. Spitzen mächtiger Vulkane, deren Basis bis zu dreitausend Meter tiefer auf dem Meeresboden stehen. Es ist ein merkwürdiges Gefühl, auf der Spitze eines Vulkans zu stehen und auf ein unendlich scheinendes Meer hinauszusehen. Man fühlt sich gleichzeitig sehr erhaben und sehr klein.

Aber jetzt zu der Antwort, auf die ihr alle sicherlich am meisten gewartet habt: Ja! Ich habe mittlerweile geduscht!

29. Juli, 18:29h
An: lona.mastroianni@web.de
Betreff: Der wunderbare Pizzabeschaffer

So geht das nicht, meine Liebe! Erst tischst du mir diese Geschichte von dem schönen Unbekannten auf, der dich vor dem sicheren Hungertod rettet, machst mir deinen ersten Urlaubsflirt in einer sicherlich langen Reihe von Liebeleien schmackhaft, und jetzt höre ich so gar nichts mehr von den nachfolgenden pikanten Details?! Was soll ich denn mit deinen chemischen und geographischen Beschreibungen anfangen, Lona? Das ist doch der reinste Historicus Interruptus, was du da machst, du brichst deine Geschichte vor dem Höhepunkt ab! So etwas gehört verhütet! Klärst du mich wohl endlich auf?!
Deine Marie

29. Juli, 18:52h
An: marie.krueger@gmx.de
Betreff: AW: Der wunderbare Pizzabeschaffer

Liebste Marie! Ich denke nicht, dass du in Sachen Sexualkunde noch Nachhilfe brauchst. Es ist sooo schön, von dir zu hören! Wie geht es dir? Wann kommt der Gips ab? Freue mich darauf, dass du ganz bald hier sein wirst!
Deine Lona

29. Juli, 18:54h
An: lona.mastroianni@web.de
Betreff: RE: AW: Der wunderbare Pizza-beschaffer

Liebste Lona, auf einer Skala der Schlechtigkeit von eins bis zehn geht es mir hundert! Erstens, weil mit einem Gipsbein das Amüsement arg begrenzt ist. Und zweitens, weil ich es nicht leiden kann, wenn du deiner alten Marie die wirklich wichtigen Informationen vorenthältst!!! Also, was ist mit diesem Marc???

29. Juli, 18:59h
An: marie.krueger@gmx.de
Betreff: RE: RE: AW: Der wunderbare Pizza-beschaffer

Süße, ich sehe gerade, dass ich schon total spät dran bin, schreibe dir, wenn ich von meinem Treffen zurückkomme! Großes Lava-Lona-Ehrenwort!

29. Juli, 19:05h
An: lona.mastroianni@web.de
Betreff: Missus Lava Lover

Was für ein Treffen??? Du machst mich fertig!
Aaaahhh!!!

30. Juli, 01:14h
An: marie.krueger@gmx.de
Betreff: AW: Missus Lava Lover

… hat keinen Lover. Ich habe diesen Marc leider nicht mehr wiedergesehen. Weiß nicht einmal, ob er überhaupt noch auf Vulcano weilt. Habe mich mit den Chemiestudentinnen getroffen, die ich vorhin am Gran Cratere kennengelernt habe. Aber du hast wie immer zwischen den Zeilen gelesen, meine Süße! Ich glaube nämlich, dass ich mich in den wunderbaren Pizzabeschaffer ein bisschen verguckt habe. Denke immerzu daran, wie er neben mir im Sand gesessen hat. Wie toll er zuhören kann. Und wie überaus anziehend er lacht! Eines ist sicher: Er muss ein großes Herz haben, wenn er sich um das hässlichste aller über die Insel paddelnden Entlein kümmert! Ich persönlich hätte mich jedenfalls nicht dazu überwinden können, mich neben mich zu setzen, so, wie ich an jenem Abend aussah und roch.
Während ich dir dies schreibe, sitze ich übrigens gerade auf dem Dach meiner Pension. Ich wollte nämlich den Sternenhimmel ansehen. Und von meinem Zimmer aus kann ich allenfalls die gegenüberliegende Hauswand bewundern, die irgendein irrer Maurer in nur dreißig Zentimeter Entfernung von meinem Fenster hochgezogen hat. Es ist so wunderschön, wie es da oben glitzert, ich wünschte, Marie, du könntest das sehen!
Ehrlich gesagt bin ich heute Nacht etwas melancholisch. Ich fühle mich unter diesem riesigen Gefunkel so allein. Diese Himmelskörper dort oben, die leben Millionen und Abermillionen Jahre. Und alles, was die tun müssen,

ist zu glühen. Für unseren eigenen Astralkörper hingegen haben wir nur wenige Jahrzehnte Zeit. Und einen Großteil davon verbringen wir wohl mit der Frage, was wir damit anfangen.
Was soll ich nur tun, Marie, mit meinem Leben? Ich mag so viele Sachen! Aber ich weiß einfach nicht, welche davon die richtige ist ...

30. Juli, 02:08h
An: lona.mastroianni@web.de
Betreff: time ...

... will tell. Ich beneide dich gerade ein bisschen um deine Abenteuer. Schlaf schön und denk heute Nacht nicht mehr so viel nach! Für immer, deine Freundin Marie.

31. juli, 15:32h

Mein Magen fühlt sich an, als wäre er mit Steinen gefüllt. Ginge ich jetzt noch einmal schwimmen, ich würde auf der Stelle untergehen. Zwei Tage Extremessen liegen hinter mir. Ein italienischer Volkssport, wie mir scheint, bei dem es mir gelungen ist, einen der vorderen Ränge zu belegen. Wäre das Vertilgen von Pasta, Fleischgerichten und Gebäck olympische Disziplin, so würde ich sagen, dass ich mich jetzt hinreichend qualifiziert habe. Angefangen hat das alles vor zwei Tagen. Da habe ich eine dieser netten kleinen Fähren bestiegen, die die Liparischen Inseln miteinander verbinden, und bin nach Salina gefahren, wo meine Großeltern und ein paar Tanten und Onkel von mir wohnen. Was ich dabei jedoch unterschätzt habe, ist das weitreichende verwandtschaftliche Geflecht. Jeder Mastroianni auf Salina besitzt mindestens einen Cousin und eine Cousine ersten Grades, und genauso verhält es sich wohl mit dem zweiten, dritten und vierten Grad. Jedenfalls wurde bei meiner Ankunft augenblicklich eine große Familien-Wiedervereinigungs-Party einberufen, die die vergangenen 48 Stunden andauerte und, so wie ich es absehe, bei weitem noch nicht beendet ist. Es ist nämlich so, dass sich keiner zurückgesetzt fühlen darf. Mein Argument, dass ich nach dem großelterlichen Mittagessen – bestehend aus Linsensuppe mit Wildfenchel und Sardinen, Pasta und Hammelbraten – erst am Abend wieder Hunger hätte, ließ Onkel Lorenzo nicht gelten. Da seien doch schließlich noch Tante Graziella, Onkel Stefano, Cousine Antonella, Cousin Giuseppe (ein aktiver Tierschützer), der andere Cousin Giuseppe und der Cousin Giuseppe aus Malfa, was am anderen Ende Salinas liegt, die ihre lang vermisste Lona gern wiedersehen wollen. So fuhr ich also mit Onkel Lorenzo von Haus zu Haus, und jeder, den wir besuchten, bot uns die köstlichsten Käsesorten, Würste und Mürbeteigplätzchen an, bis wir endlich wieder am Abend zu meinen Großeltern zurückkehrten, wo mich – Überraschung! – ein riesiges Festessen erwartete, zu dem auch die eben noch besuchte Familie eingeladen war. Die Begrüßung durch meine Tanten, Großtanten und Cousinen zweiten, dritten und vierten Grades meiner Tanten und

Großtanten war so herzlich, dass es mir Tränen der Rührung in die Augen trieb, und ich begann mich zu fragen, warum ich diese herzlichen Frauen, die mich allesamt minutenlang an ihre üppigen Brüste drückten, bis ich keine Luft mehr bekam, nicht schon früher kennengelernt habe und was bei uns in Nord- und Mitteleuropa so schiefläuft, dass man sich da oft nur wie ein kalter Fisch beäugt. Auch die Reaktionen auf mein Aussehen waren ausgesprochen lebhaft. «Aber du bist ja eine Blondine, Lona!» – «Wir haben eine blonde Mastroianni, *dai*!!!» – «Wie kommt es, dass du so blond bist als Liparotin, *piccolina*?!»

«Liparotin?», habe ich beim ersten Mal noch verwundert gefragt. Eine so geheimnisvolle Umschreibung meiner mehrkulturellen Identität kannte ich bislang noch nicht.

«Aber ja, *liparota*, ein Mädchen von den Liparischen Inseln, dem schönsten Flecken der Welt!»

«*Dai*, Massimo hat doch eine Wikingerin geheiratet!», erklärt mein Onkel Lorenzo in liebevoller Anspielung auf meine Kopenhagener Mutter. «Und die Wikinger sind nun einmal blond!»

An diesem Abend gab es Kartoffelsalat mit roten rohen Zwiebeln und Kapern, im zweiten Gang Pasta mit Tomatensauce, im dritten geschmortes Kaninchen süßsauer und zum Nachtisch Ricotta-Creme und *sfingi*. Das sind Plätzchen, die mit Kürbiscreme, Kaktusfeigenmark und Milchreis gefüllt sind. Dazu schenkte mir mein Großvater listig zwinkernd ein halbes Glas Vulkanwein ein, der süß und feurig, aber zum Glück überhaupt nicht nach Schwefel schmeckt. Mein Cousin Giuseppe, der Tierschützer, hat gemeinsam mit dem Cousin Giuseppe aus Malfa Gitarre gespielt und etwas gesungen, das offenbar zum allgemeinen Liedgut gehört, denn die gesamte Familie sang mit. Ich wollte auch gern mitsingen, aber zum einen konnte ich den Text nicht verstehen, der im Dialekt vorgetragen wurde, und zum anderen fielen mir ständig die Augen zu. Ich fühlte mich wie ein zentnerschwerer Sack Mehl. Irgendjemand – ich glaube, es war meine Tante Graziella – hat mich gegen Mitternacht ins Bett gerollt. Und dort habe ich geschlafen, bis ich heute Morgen von meiner Großmutter geweckt wurde. Es gebe Frühstück, verkündete sie und verlieh sodann ihrer Hoffnung Ausdruck, dass ich hungrig sei. Dio mio! Hannibal nach seinem Gewaltmarsch über die Alpen mochte nach einem solch riesigen Gelage vielleicht noch Hunger haben, aber ich nicht! Ich presste die Lippen aufeinander und schüttelte suppenkaspergleich den Kopf, doch meine Großmutter ließ keine Einwände gelten und schleifte mich energisch mit.

Es gibt eine hübsche Felsbucht hier in Rinella, von der aus man ins Meer springen kann. Das tat ich, nachdem ich das Frühstück einigermaßen verdaut hatte. Ich schwamm so weit hinaus, wie ich konnte, mit der heimlichen Hoffnung, dem Mittagessen zu entgehen. Doch ich hatte die Rechnung ohne Großmutter und Tante Graziella gemacht. Nachdem ich eine ganze Weile lang faul auf dem Rücken liegend durch die azurblauen Wellen getrieben bin, tauchte ein Boot der italienischen Küstenwache auf. Dass es sich um keine Ausflügler handelte, erkannte ich rasch am Megaphon.

«Lona Mastroianni!», hörte ich es tröten. «Schwimmen Sie sofort wieder zurück!»

Konnte es ein Zufall sein, dass diese Küstenwache just in dem Augenblick auftauchte, in der es Zeit für die mittägliche Mahlzeit war? Versteht mich nicht falsch: Das Essen ist köstlich hier, köstlicher als alles, was ich je in italienischen Restaurants in Hamburg gegessen habe, und sowieso köstlicher als das, was mein Vater gekocht hat, wenn er uns Kindern mal was Italienisches vorsetzen wollte. (Verzeih mir, Papa, nichts gegen deine Kochkünste, ich habe deine Spaghetti Miracoli als Kind geliebt!!) Womöglich ist das liparotische Essen sogar das leckerste Essen der Welt. Aber jeder Genuss hat seine Grenzen. Und ich möchte echt nur ungern wie eine Tonne aussehen!

Habe übrigens gerade etwas Tolles in dieser Blogsoftware entdeckt: eine Abstimmungsfunktion! Und hier kommt jetzt meine Frage:

Muss ich in Anbetracht meiner neuen Essgewohnheiten joggen gehen? (Bedenkt bitte, dass es hier 32 Grad im Schatten sind!!)

☐ Klar, warum sollte Lona irgendetwas erspart bleiben?

☐ Nein.

☐ Setz bitte nicht dein Leben aufs Spiel!

☐ Tu so, als wärest du sechzig, und geh Walken.

☐ Gechilltes Pendeln zwischen Kühlschrank und Terrasse reicht völlig aus!

08. August, 15:05h

Ich bin heute ungefähr zwanzig Kilometer weit gelaufen und habe mich in den Gewichten auf fünf Kilo hochgekämpft. Nein, die Rede ist *nicht* von Joggen (danke, Leute, die meisten von euch haben für Antwort Nr. 5 gevotet) und auch nicht von Hanteltraining, sondern von meinem neuen Job. Tante Graziella und Onkel Lorenzo haben mich als Abwäscherin in ihrer Pension eingestellt. Ich fühle mich unendlich erschöpft, aber gleichzeitig auch superglücklich. Hätte nicht gedacht, dass ich meine Reisekasse so schnell würde auffüllen können! Nun kann ich bis Mitte September hier bleiben und Geld verdienen! Und das große Tafeln ist auch fürs Erste vorüber, denn nach drei Tagen Dauergelage, um die heimgekehrte Enkelin/Nichte/Cousine zu feiern, sind wir zur Tagesordnung zurückgekehrt. Zu Top eins gehört dabei allerdings auch weiterhin, dass Tante Graziella morgens auf ihren klappernden Absätzen hereingestürzt kommt, um mich mit ihren erstaunlich starken Armen zu umschließen und zu schreien: «*Madonna mia*, dass ich dich noch einmal wiedersehe!!!» Meine Entgegnung, dass die Wiedersehensfreude ganz auf meiner Seite liege und dass sie nicht überrascht sein müsse, mich morgens in ihrer Küche zu finden, schließlich arbeite ich doch für sie, erwidert sie stets mit einem Klaps auf meine Wange und mit den Worten: «Meine piccolina – immer zu Scherzen aufgelegt!»

Die Küchenarbeit teile ich mir mit meinen Cousins Giuseppe (Tierschützer), Giuseppe (aus Malfa) und

Giuseppe. Früh morgens, wenn die Pensionsgäste noch schlafen, sitzen wir zu viert auf der Terrasse, trinken zwei oder drei Tassen Espresso und blicken aufs Meer hinaus. Giuseppe, der Tierschützer, erzählt uns dann von einem Vogel, dessen gebrochene Flügel er umsorgt hat, oder von einem Igel, den er aufgenommen hat. Dieses Haus und alles drumherum ist so unbeschreiblich schön, dass es mir manchmal im Herzen wehtut. Duftende Kräuter und weiße Rosen stehen in Terrakotta-Pötten auf den Fliesen der Terrasse. Über die eine Hausseite und die Holzbohlen, die über der Terrasse angebracht sind, rankt sich wilder Wein. Von meinem Lieblingsplatz am Geländer sieht das Meer unendlich aus, unendlich blau und unendlich weit. Alles scheint möglich, während ich hier morgens sitze und den Tag über mir heraufdämmern sehe, alles liegt noch vor mir, nichts als Geheimnis und Verheißung um mich herum.

Dann, gegen sieben, wird es plötzlich hektisch. Giuseppes Vater fährt mit seinem Lieferwagen vor und bringt unglaubliche Mengen an Brot. Danach beginnen wir, Obst für das Frühstück der Gäste zu schneiden und die ersten Kannen Tee und Kaffee aufzubrühen. Der Abwasch ist am Vormittag noch nicht so arg, es sind ja meistens nur Gedecke, die wir waschen müssen, und die reinigt die Spülmaschine schon. Lediglich die gusseisernen Pfannen müssen wir schrubben, in denen wir Speck und Eier braten, denn wir haben auch ein paar Engländer in der Pension. Gegen Mittag erhöht sich die Schlagzahl beträchtlich. Dann wird es so hektisch, dass sogar Tante Graziella nur noch knappe Anweisungen brüllt. Die Messer, Rührlöffel, Bretter, Töpfe und Pfannen vermehren sich auf geradezu magische Weise in meinem Spülbecken!

Gegen drei Uhr nachmittags haben wir Ruhe. Während die drei Giuseppes nach Hause gehen, um im Schatten ihrer jeweiligen Veranden zu chillen, ziehe ich schnell meinen Bikini über und laufe zur felsigen Bucht. Mit einem Kopfsprung hechte ich ins Meer, plantsche herum, lasse mich treiben. Um fünf Uhr geht es dann aber schon wieder weiter. Das Abendessen steht an.

So lief es die vergangenen Tage. Bis zum gestrigen Abend, an dem etwas Besonderes passierte. Aber davon kann ich erst nachher berichten. Meine Pause ist um, ich muss zurück.

08. August, 16:58h
An: lona.mastroianni@web.de
Betreff: Interruptus reloaded

Machst du das eigentlich absichtlich, meine Liebe? Hoffst du auf diese Weise die Zahl der Klicks zu erhöhen? Sollen deine vergnügungssüchtigen Besucher von nun an stündlich auf den Lonablog gehen, um zu sehen, ob du dich in der Zwischenzeit vielleicht dazu niederließest, zur Pointe deiner Geschichte zu gelangen? Lona, Lona. Ich finde das sehr eigennützig von dir!
Hier in Hamburg herrscht übrigens eiliges Wetter. Das Sommerprogramm hat es schon hinter sich gelassen, nun steuert es mit rekordverdächtiger Geschwindigkeit auf den Spätherbst zu. Dunkle Wolken schießen über

den Himmel, und es regnet in einer Tour. Gestern war ich mit Inga shoppen. Wir haben tolle warme Strickpullover und einen Schal gekauft. Im August!!!!
Wie du aus meinen Worten sicherlich heraushörst, bin ich gerade auf dem besten Weg in den Wahnsinn. Dem kann nur mein alter Knochendoktor abhelfen, wenn er mir morgen hoffentlich verkündet, dass der Gips abkommt. Drück mir die Daumen! Ich muss hier ganz schnell raus!!!

08. August, 23:32h
An: marie.krueger@gmx.de
Betreff: AW: Interruptus reloaded

Wann hast du morgen deinen Knochendoktortermin, Süße? Ich schicke einen alten sizilianischen Zauber, damit du nur Gutes dort erfährst! Ich vermisse dich nämlich ganz schrecklich und freue mich darauf, wenn du in zwei, allerhöchstens drei Wochen endlich bei mir bist!

08. August, 23:35h
An: lona.mastroianni@web.de
Betreff: Sizilianischer Zauber

Bitte schick mir den um elf Uhr dreißig, den Zauber. Und lass ihn eine volle Stunde wirken. Mein Knochendoktor ist nämlich ein ganz beliebter, sein Wartezimmer ist immer sehr voll. Und jetzt erzähl endlich deine Geschichte! Meinetwegen auch im Blog!

08. August, 23:47h

«Im Krieg ging es uns so schlecht, dass wir sogar Fisch essen mussten», doziert Großmutter, während wir anderen betriebsam durch die Küche schwirren. Tante Graziella ist damit beschäftigt, drei Doraden zu wenden (das sind große, platte Meeresbewohner, die wirklich lecker schmecken), Cousin Giuseppe (der aus Malfa) rührt gerade eine Fischsauce an, und die anderen beiden Giuseppes ächzen mit ihren Tranchiermessern über einem riesigen Stück Hai. Giuseppe, der Tierliebhaber, jammert ein bisschen über die Qual, die es ihm bereitet, dem Hai diese Behandlung angedeihen zu lassen, aber auch er lässt sich nicht davon beeindrucken, wie umwerfend schlecht Großmutter über die teuren Spezialitäten der Trattoria denkt – dafür haben die meisten Familienmitglieder ihre Meinung wohl auch schon zu oft gehört. Da kommt Cousine Antonella hereingelaufen, um ein paar frisch angerichtete Teller entgegenzunehmen. «Da draußen sitzt jemand, der spricht so schlecht Italienisch, dass ich wirklich nur raten kann, was er meint», seufzt sie, wobei sie die Augen verdreht und mit den angerichteten Tellern fuchtelt. «Ich glaube, er will einen Hamster essen. Was mache ich nur mit dem?»

«Ist es ein Chinese?», will Giuseppe, der Tierliebhaber, wissen.

«Nein, so sieht er nicht aus.»

«Gib ihm was von dem geschmorten Kaninchen süß-sauer und behaupte, es wäre Hamster! Das Fleisch ist sicherlich ähnlich, und in China essen die doch auch süß-sauer», wirft Tante Graziella ein.

«Ich sagte, er ist kein Chinese!» Antonella rauscht mit ihren Tellern davon.

Wenige Augenblicke später ist sie zurück in der Küche. «Ich werde gleich wahnsinnig!», ruft sie und wirft die Hände in die Luft. «Ich verstehe kein Wort!»

«Soll ich es mal versuchen?», frage ich. «Vielleicht spricht er ja Deutsch, Dänisch oder Englisch.»

«Angeberin!», zischt Antonella mir zu. «Hältst dich wohl für schlau?»

Ich wende ein, dass das bloße Beherrschen der Muttersprache nicht unbedingt als Zeichen für Schlauheit gewertet werden muss, und grinse Antonella an, doch meine Cousine guckt weiterhin grimmig.

Tante Graziella zeigt in Richtung Ausgang. «Va bene, Lona, geh du zu dem Mann!»

Ich streiche mir die Haare aus dem Gesicht, die von den Ausdünstungen in der Küche reichlich fettig sind, und wische mir meine vom Spülwasser verschrumpelten und von den heißen Pfannen versengten Hände an der Schürze ab. Um sicherzustellen, dass wenigstens mein Gebiss gut aussieht, halte ich ein soeben blank poliertes Messer in die Höhe und fletsche die Zähne davor.

«Er sitzt hinten rechts», ruft Antonella mir noch nach. «Der Einzige, der allein ist an seinem Tisch!»

Ich erkenne ihn sofort. Er blickt stirnrunzelnd in die Speisekarte, und zwar auf die Seite, auf der die Pasta-Gerichte abgebildet sind. Ich kenne die Karte mittlerweile auswendig. Auf der Pasta-Seite ist eine lustige

Zeichnung von Tante Graziella auf hohen Absätzen, wie sie ein Nudelholz schwingt. Giuseppe (der aus Malfa) hat die gemacht.

«Hallo», sage ich auf Deutsch. «Hast du dich schon entschieden?»

Er sieht auf, aber er erkennt mich nicht. «Ich hätte gern das Gericht links von der Dame, die Kricket spielt», lächelt er, ohne seine Überraschung darüber zu zeigen, dass ich Deutsch spreche.

Und in diesem Moment wird mir das Missverständnis klar. Ich werfe den Kopf in den Nacken und kann nicht mehr aufhören zu lachen.

«Lona?», fragte Marc ungläubig. «Entschuldige, ich habe dich eben nicht wiedererkannt!»

«Ich habe heute ja auch nicht in Schwefel gebadet», lache ich. «Und was die Frau da auf der Karte schwingt, ist kein Kricketschläger, sondern ein Nudelholz! Hast du eben in deiner Bestellung zufällig ein Wort wie cricket, critschet oder criceto benutzt?»

«Ja», sagt Marc. Er sieht mich immer noch unverwandt an. Was mein Äußeres seit unserem ersten Treffen betrifft, habe ich mich wohl geringfügig verbessert. Aber sexy sieht sicher immer noch anders aus.

«Criceto heißt Hamster», erkläre ich ihm.

Marc schlägt die Hand vor den Mund. «Mist. Und da dachte ich, ich probiere mal meine frisch erworbenen Italienischkenntnisse aus!»

09. August, 01:22h
An: marie.krueger@gmx.de
Betreff: Marc

So, meine Süße, bevor du mich erneut beschuldigen kannst, einer veralteten Verhütungsmethode zu frönen – hier kommen die Details! Marc hat mich im Anschluss an die Bestellung gefragt, ob er mich mal einladen darf. Er sei sehr dankbar, weil ich ihn vor gekochtem Hamster gerettet habe.

09. August, 01:24h
An: lona.mastroianni@web.de
Betreff: AW: Marc

Und? Wie hast du darauf geantwortet? Sicher nicht mit dem Hinweis auf ein vorzügliches chinesisches Restaurant?

09. August, 01:25h
An: marie.krueger@gmx.de
Betreff: RE: AW: Marc

Das sich auf die Zubereitung von europäischen Haustieren spezialisiert hat? Keine Sorge. Ich habe abgelehnt.

09. August, 01:26h
An: lona.mastroianni@web.de
Betreff: RE: RE: AW: Marc

Bist du des Wahnsinns? Warum das denn?

09. August, 01:27h
An: marie.krueger@gmx.de
Betreff: RE: RE: RE: AW: Marc

Ich habe gesagt, wenn hier einer wen einlädt, dann ich ihn! Bin ihm ja schließlich ebenfalls dankbar. Wegen der Pizza drüben auf Vulcano, die mir bestimmt das Leben gerettet hat! Mein nächster (und erster!) freier Tag ist allerdings erst übermorgen. So lange muss ich jetzt noch warten, bis ich ihn wiedersehe …

09. August, 01:31h
An: lona.mastroianni@web.de
Betreff: RE: RE: RE: RE: AW: Marc

Halt mich auf jeden Fall auf dem Laufenden! Und vergiss den sizilianischen Zauber nicht! Der Arzt soll sagen, dass der Gips sofort abkann, damit die arme gebeutelte Pech-Marie endlich in den heißen Süden reisen kann!

09. August, 01:35h
An: marie.krueger@gmx.de
Betreff: Mojo

Pssst, nicht stören, probe gerade Zaubersprüche über einer Voodoopuppe, die deinen Orthopäden darstellen soll!

09. August, 17:35h
An: marie.krueger@gmx.de
Betreff: Survival of the fittest

Hallo Marie? Lebst du noch? Wie war es beim Orthopäden? Was hat er gesagt? Wieso höre ich nichts mehr von dir??????

---

09. August, 17:42h

Eine Situation, wie sie wohl nur im Kreis einer italienischen Familie stattfinden kann. Ich sitze im Schatten auf der Terrasse meiner Großeltern an meinem ersten freien Tag und bin so erledigt, wie ich es an den Elfstundentagen in der Küche von Tante Graziella nicht war, da fragt mich meine Großmutter: «*Piccolina*, was machst du eigentlich immer mit diesem komischen kleinen Gerät?»

Ich antworte ihr, dass dieses Gerät ein Computer ist und dass ich gerade meinen Blog bearbeite, was meine

Großmutter aber selbst auf Italienisch nicht versteht. Um es ihr zu erklären, sage ich, dass ich etwas über mein Leben schreibe, damit Papa – Großmutters Sohn – auch immer weiß, wie es mir auf meiner Reise geht. Daraufhin wendet sie sich meinem für süditalienische Verhältnisse relativ verschwiegenen Onkel Lorenzo zu und schreit: «Ecco guarda, Lorenzo, Lona schreibt den ganzen Tag ihrem Vater, und du sitzt bloß da und sagst kein einziges Wort!» Das Ganze natürlich untermalt mit Gesten, wie dem uritalienischen Zusammendrücken von Daumen, Zeige- und Mittelfinger, die in Richtung Mund gehen, und effektvoll gekrauster Stirn. Ach, ich liebe meine Großmutter! Und ich liebe es, hier zu sein!

Das habe ich heute freilich nicht immer gedacht. Wie gesagt, an meinem ersten freien Tag wollte ich etwas machen, was an den anderen Tagen nicht möglich ist. Auf jeden Fall kein Geschirr spülen. Und nicht schwimmen gehen, was ich ja sonst in meinen Mittagspausen immer tue. Ich wollte segeln gehen. Im Hafen von Rinella hat nämlich ein wunderhübscher Schoner festgemacht, so ein elegantes Teil aus dem vorigen Jahrtausend, mit Teakholz, Messing, geflickten Segeln und allem Zipp und Zapp. Die Crew besteht aus einer Gruppe von Deutschen. Ein bunter Haufen, etwas älter als ich. Sie machen Wal- und Delphinfahrten, haben sie mir erklärt, die nächste allerdings erst in fünf Tagen. Die Vibrationen seien nämlich zurzeit kaputt. Ich weiß zwar nicht, wozu man als Segler Vibrationen braucht, aber wer weiß, auf so einem alten Schiff … Jedenfalls habe ich mich für die Fahrt in fünf

Tagen angemeldet. Hinterher habe ich es ein bisschen bereut, weil mir der Törn irgendwie teuer vorkommt, aber immerhin bekomme ich dafür ja auch Wale und Delphine zu sehen.

Sämtliche Giuseppes behaupten, ich müsste unbedingt vorher noch eine Wanderung zu einem der beiden Vulkangipfel hier machen. Salina ist nämlich die einzige der Liparischen Inseln, auf der zwei Vulkane stehen. Deshalb hieß die Insel früher, als die Griechen im Archipel noch Chef waren, auch nicht Salina, sondern *Didyme*, altgriechisch für *Zwillinge*. Gestern Abend brachte ich also zur Sprache, dass ich den Vorschlag der Giuseppes aufgreifen will, da ruft Tante Graziella aus, was für eine wundervolle Idee, da könnte ich doch gleich Großvater mitnehmen, der ginge der Großmutter in letzter Zeit nämlich ein bisschen auf die Eierstöcke. Meine entgeisterte Frage, wie ich meinen nicht gerade Reinhold-Messner-mäßigen Großvater an einem Tag auf einen 962 Meter hohen Gipfel und wieder herunter bekommen sollte, beantwortet Tante Graziella mit gestenreich untermalten Komplimenten in der Art von «Du machst das schon!». Großvater sei früher ein begeisterter Wanderer und Jäger gewesen, tagelang sei er im Unterholz vom Monte Fossa delle Felci herumgestrolcht. Und sie fügt hinzu, ich solle aber aufpassen, dass er sein Gewehr nicht mitnehme, manchmal gehe der Schuss bei ihm nämlich auch nach hinten los. Ich verspreche ihr alles und beschließe, die Strecke, so weit wie möglich, mit der Vespa zurückzulegen.

Erste Zweifel an meiner Unternehmung kommen

mir im Morgengrauen, als eine knochige Hand an meiner Schulter rüttelt. «Aufstehen, piccolina!», brüllt mir Großvater ins Ohr. Ein müder Blick auf den Wecker zeigt mir, dass es fünf Uhr dreißig ist.

«Lass uns nochmal vier Stunden schlafen, ja?», versuche ich meinen Großvater wieder loszuwerden, aber er besteht darauf, dass es *jetzt* sein müsse, und zwar *subito*, denn später sei es ja viel zu heiß. Ich beginne zu verstehen, was Tante Graziella und Großmutter meinten, als das Wort «Eierstöcke» fiel. Also stehe ich auf, mache Großvater und mir einen starken Espresso und beginne, Brote für unterwegs zu schmieren. Draußen ist es noch dunkel. Allein ein rötlicher Schimmer verrät mir, dass bald die Sonne aufgehen wird. Während ich versuche, mich daran zu erinnern, was um Himmels willen ich an meinem freien Tag hier tue, tritt Großvater von einem Bein auf das andere und fragt, wann es denn endlich losgehen wird.

Um sechs bin ich fertig. Ich greife nach zwei Helmen, die im Flur am Garderobenständer hängen, und reiche einen davon Großvater, der mich daraufhin anstarrt, als sei ich nicht mehr ganz dicht. Er sei sein Leben lang ohne Helm Vespa gefahren, und er werde ganz gewiss nicht heute damit anfangen, an dieser Gewohnheit etwas zu ändern. Mein Einwand, dass in Italien seit einigen Jahren Helmpflicht auch für Vespafahrer gelte, beantwortet er mit einer Schimpftirade auf die Regierung in Rom. Ich bitte Großvater inständig, den Helm zu tragen, denn ich habe keine Lust, dass auf seinem Grabstein etwas von einer Vespafahrt mit seiner Enkelin steht. Als er mit zusammengekniffenen Lippen immer noch den Kopf schüttelt, sage ich ihm, dass er mich an meinen kleinen Bruder Lasse erinnert. Das bringt Großvater immerhin zum Schmunzeln, und er bedankt sich für das Kompliment. Es sei schon eine Weile her, dass er mit einem Vierzehnjährigen verglichen worden sei. Und dann fahren wir los. Großvater sitzt hinter mir, und als wir an unserer Terrassentür vorüberfahren, deren Scheibe das Licht der aufgehenden Sonne spiegelt, sehe ich für den Bruchteil eines Augenblicks sein Spiegelbild: Aufrecht wie ein Klavierspieler und sehr würdevoll sitzt Großvater da, mit den Händen hält er sich an den beiden Griffen links und rechts vom Sitzpolster fest. So brausen wir die kurvenreiche Straße in Richtung Leni hinauf. Der kühle Fahrtwind weckt mich zwar langsam auf, aber insgeheim sehne ich mich immer noch nach meinem Bett. Oder nach diesem Segelschiff. Wie viel chilliger wäre es jetzt, an Deck zu liegen, nur dem Rauschen der Wellen und dem Summen der Wale zuzuhören. Wir fahren zwischen allerlei blühenden Büschen und Bäumen vorüber, und mir wird zum ersten Mal klar, wie bunt diese Vulkaninsel eigentlich ist. Rosafarbene, weiße, blaue und gelbe Blüten sprießen hier. Als wir eine besonders steile Kurve nehmen, tippt Großvater mir auf die Schulter, was mich aus dem Takt bringt, sodass ich die Vespa fast in den ungezäunten Abgrund neben uns lenke. Ich verlangsame und frage ihn, ob es ein Problem gibt. Aber Großvater lächelt wieder sein verschmitztes Lächeln und schüttelt den Kopf. Dann zeigt er auf die blaue glitzernde Fläche unter uns. Und mir stockt der Atem.

Die Sonne ist aufgegangen. Das Meer glänzt wie flüssiges Gold. In der Ferne erkenne ich Lipari und Vulcano und am Horizont als graublauer Strich die Küste von Sizilien. Großvater nickt zufrieden, als habe er eigenhändig den Archipel entworfen und dieses phantastische, überirdisch strahlende Licht darübergestreut. Auf jeden Fall ist es sein Werk, dass wir hier stehen und es sehen, das muss ich anerkennen. Ohne Großvater wäre ich nie im Leben um sechs Uhr morgens auf einen Berg gefahren.

Mir wird immer sehr eigenartig, wenn ich daran denke, dass diese Inseln vor Zehntausenden von Jahren aus dem Erdinneren geschleudert wurden, dass sie Teil der antiken Geschichte sind, dass sie den Aufstieg und Fall von Weltmächten erlebt haben, Kriege, Eroberungen, Millionen von Menschen, die geboren und gestorben sind. Meine Gedanken eilen nach vorn, was das Leben für mich wohl so bringen wird, und Großvater … ja, Großvater denkt wahrscheinlich zurück. Seine sechsundsiebzig Jahre auf der Vulkaninsel Salina. Sein ältester Sohn, der in Deutschland lebt, der, auf den er so stolz ist, die anderen sind hier bei ihm.

Ich bemerke, wie Großvater mich von der Seite anlächelt, und ich lächele zurück. Er schlägt mit der flachen Rechten auf sein linkes Handgelenk, was «weiter» bedeutet, ich nicke, und wir brausen wieder los.

Nach einer Viertelstunde Fahrt endet die Piste. Wir sind an einem dichten Kastanienwald angelangt. Vor uns erhebt sich der Gipfel des Monte Fossa. Er sieht aus wie der Berggipfel in einem Märchen, denn er ist in weiße Dunstschwaden gehüllt. Fast erwarte ich, dass Feen und Trolle hinter den dicken Baumstämmen hervorlugen, und ich fühle mich ein bisschen wie die Heldin in einer Geschichte, die eine große Aufgabe zu meistern hat, und damit liege ich nicht ganz falsch, wie sich im nächsten Augenblick herausstellt, denn Großvater bewältigt den Aufstieg durch den Wald nur dank einer ausgeklügelten Schiebetechnik meinerseits, die darin besteht, dass ich hinter ihm gehe und mit ausgestreckten Armen seinen Rücken stütze, um ihn auf diese Art vorwärts zu stemmen. Ein Complete Body Workout mit einem geschätzten Steigungswinkel von vierzehn Prozent hatte ich mir für meine Vulkanwanderung natürlich nicht vorgestellt. Mittlerweile steht die Sonne schon recht hoch, und durch die Anstrengung ist mir so heiß wie zuletzt in der finnischen Sauna. Ich bleibe stehen, um meinen Rucksack abzunehmen, in dem sich eine Wasserflasche befindet, habe aber die Rechnung ohne Großvater gemacht. In einem Zustand totaler Tiefenentspannung hat er sich gegen meine ausgestreckten Hände gelehnt, sodass er einfach hintenüberfällt, als ich ihn loslasse. Ich bekomme ihn gerade noch so zu fassen, er stützt sich erschrocken auf mich, wodurch ich aber stürze, über eine Wurzel stolpere, ein paar Rollen bergabwärts mache und schließlich vor einem dicken Ast zu liegen komme. «Nonno!», rufe ich erschrocken, aber meinem Großvater scheint es besserzugehen als mir. Schwer atmend lehnt er gegen einen Baum und lacht Tränen. Während ich aufstehe, bemerke ich einen mittelgroßen Ast, der sich in meinen Haaren verfangen hat. Als ich mich von dem Elchlook zu befreien versuche, höre ich, wie jemand von weiter oben etwas zu uns herunterruft. Auch Großvater dreht sich um. Der Bergsteiger fragt uns auf Englisch, ob wir Hilfe brauchen. Und ich erstarre. Vor uns steht Marc.

09. August, 19:43h
An: marie.krueger@gmx.de
Betreff: Erde an Marie

Hallo da draußen? Ich bedaure, dir mitteilen zu müssen, liebe Marie, dass du im Ranking der Schnellzurückschreiber einen total miesen Platz belegst! Nun baue ich schon extra einen Historicus Interruptus für dich ein und höre noch immer kein einziges Protestwort von dir! Wer hat dich ins Schwarze Loch gebeamt? Was ist das für eine mächtige Antimaterie, die dich von deinem angestammten Platz am PC gerissen hat? Jedenfalls habe ich jetzt keine Zeit mehr, weiter zu schreiben. Ich habe ja gleich diese Essensverabredung mit Marc. Verstehst du?! Marc!

09. August, 21:13h
An: lona.mastroianni@web.de
Betreff: AW: Survival of the fittest

Lona? Was war das für ein Zauber, den du da gestern gesprochen hast???

10. August, 00:16h
An: marie.krueger@gmx.de
Betreff: RE: AW: Survival of the fittest

Oh, mein Gott, ein Lebenszeichen von meiner Freundin! Du bist zurückgekehrt! Was meinst du mit *Zauber*? Meinen sizilianischen? Was hat denn der Arzt zu dir gesagt???

10. August, 00:21h
An: lona.mastroianni@web.de
Betreff: RE: RE: AW: Survival of the fittest

Der Arzt?! O Lona, du hast ja keine Ahnung! Der Arzt hat irgendwas davon gesagt, dass der Bruch gut verheilt ist oder so. Ich habe kaum zugehört. Ja, ich stehe ein bisschen neben mir. Mein Herz rast. Ich habe seit 36 Stunden nicht mehr geschlafen. Die Welt leuchtet und sieht wunderbar aus …
Also, ich saß im überfüllten Wartezimmer. Und neben mir saß jemand, von dem ich später erfuhr, dass er Lennart heißt. Erst haben wir uns nur angelächelt, weil unser jeweiliges rechtes Bein eingegipst ist. Dann haben wir angefangen, uns zu unterhalten. Er hat mir erzählt, dass es ihm ebenfalls beim Hockeyspielen passiert ist. Ich weiß auch nicht warum, aber es war, als hätte jemand eine Schleuse geöffnet. Wir haben geredet und geredet. Es brach förmlich aus mir heraus. Die Zeit verging, und ich wusste, dass gleich einer von uns zum Arzt gerufen werden würde, und Lennart schien

das ebenfalls so zu empfinden, denn wir begannen, immer schneller zu reden, unterbrachen uns gegenseitig, stellten uns Fragen, antworteten im nächsten Moment selbst darauf, es hörte überhaupt nicht mehr auf. Als Lennart aufgerufen wurde, breitete sich schlagartig Stille im Wartezimmer aus. Ich bemerkte, wie mich alle anstarrten. Einigen stand – ungelogen! – der Mund offen. Eine alte Frau lächelte mich an. Nachdem Lennart rausgegangen war, seufzte sie: «Ach ja! Ihr jungen Verliebten seid so süß!»

Wir Verliebten?! Die Frau hat ja keine Ahnung, dachte ich. Aber als ich eine halbe Stunde später auf die Straße trat, bedauerte ich, dass Lennart und ich keine Nummern ausgetauscht hatten. Zum Glück war das auch nicht nötig. Denn da stand er. Direkt am Ausgang, auf seine Krücken gestützt. «Ich dachte, wir könnten noch eine Runde spazieren gehen», meinte er.

«Ja», habe ich geantwortet. «Endlich habe ich mal einen gefunden, der nicht schneller ist als ich!»

Wir sind dann als das langsamste Paar in der Geschichte des Spaziergangs einmal um die Alster gehinkt und haben dabei immer weitergeredet. Abends wollten wir uns irgendwo reinsetzen, um etwas zu essen, aber wir hatten beide keinen Hunger, und zu reden hatten wir nach den zehn Stunden Dauergespräch auch keine Lust mehr, also haben wir uns nur stundenlang in die Augen gesehen. Irgendwann, es war weit nach Mitternacht und Mama hat mich schon besorgt auf dem Handy angerufen, ob ich denn immer noch nicht raus wäre beim Arzt, bin ich nach Hause gegangen. Aber ich habe die ganze Nacht nicht schlafen können. Also bitte,

Lona – WAS WAR DAS FÜR EIN ZAUBER, DEN DU DA GESTERN GESPROCHEN HAST?!

10. August, 00:50h
An: marie.krueger@gmx.de
Betreff: Illegale Bewaffnung

Ich werde auf der Stelle den Buchhändler verklagen, der mir dieses lügnerische Sprüchebuch verkauft hat! Der Beinheilung eine Verliebtheit dranzugeben, das nenne ich einen richtig faulen Zauber! Ich meine, das sind doch Mafia-Methoden! Da sitzt meine beste Freundin nichtsahnend in einem Wartesaal, und dann wird sie hinterrücks von einem Amor-Pfeil erschossen! Das lassen wir uns nicht gefallen, Marie!

10. August, 00:53h
An: lona.mastroianni@web.de
Betreff: AW: Illegale Bewaffnung

O nein, tu das nicht! Der Buchhändler deines Vertrauens hat seine Arbeit gut gemacht! Und der Autor des Zauberspruchbuches verdient eine Auszeichnung! Die höchste aller Ehrungen! Ach, Lona, ich kann dir gar nicht beschreiben, was gerade in mir vorgeht … Alles fühlt sich neu an. Seltsam, aufregend. Wunderschön.
Und jetzt will ich wissen, was bei dir passiert ist. Mit Marc.

10. August, 00:56h
An: marie.krueger@gmx.de
Betreff: Licht aus

Liebste Marie, in meinem Kopf hat jemand den Schalter betätigt. Das Lona-Kraftwerk ist für heute stillgelegt. Ich bin so müde, dass ich kaum noch die Tasten erkenne. Erzähle dir alles morgen. Freue mich unendlich für dich! Du bist die beste und tollste Freundin – und hast alles Glück dieser Welt verdient!

10. August, 16:42h

Also, zunächst einmal muss ich mich wohl des Vorwurfs erwehren, die Geschichte eines Spaziergangs mit meinem Großvater künstlich spannend zu machen, indem ich mir eine junge, männliche, attraktive Person ausdenke, die plötzlich im Gestrüpp auftaucht, so wie es mir gleich mehrere Leser vorwerfen. Diese Person gibt es wirklich, ich schwöre es, sie heißt Marc und hat die unglaubliche Gabe, immer dann zur Stelle zu sein, wenn ich mich in einem Moment maximaler Peinlichkeit befinde.

So auch gestern Nachmittag. Besagter Ast, der in meinen Haaren hing, weigerte sich, den Weg zurück in sein natürliches Biotop zu finden. Während ich daran zerre, ruft Marc erneut zu uns herunter, ob wir Hilfe brauchen. Großvater ist immer noch mit seinem Lachkrampf beschäftigt, was Marc aber wohl nicht richtig erkennen kann. Ich gebe Marc zu verstehen, dass ich nur ein bisschen auf dem Waldboden herumgeturnt bin, ansonsten sei die Lage entspannt.

Als wir uns gegenüberstehen, erkenne ich, dass Marc ebenfalls ein vom Wald Gezeichneter ist. Auf seinem Gesicht sind Erdspuren zu erkennen, und auch er trägt Blätter im Haar.

«Warst du so früh schon oben auf dem Krater?» Mit einem möglichst unbeteiligten Gesichtsausdruck versuche ich, den Ast aus meinen Haaren zu winden.

«Habe oben geschlafen», erklärte Marc.

«Oh.»

Ich weiß nicht, was ich darauf antworten soll. Ich habe noch nie in meinem Leben mit Leuten geredet, die auf Vulkankratern schlafen, die Situation ist mir ausgesprochen neu.

«Hattest du keine, äh … Angst?»

Marc schüttelt den Kopf und lächelt. «Der ist doch erloschen, der Vulkan. Komm, ich mach dir den ab!» Vorsichtig nestelt er den Ast aus meinen Haaren und wirft ihn zu Boden. «Und du? Was machst du hier oben?» Sein Blick fällt auf meinen Nonno.

«Das ist mein Großvater. Der Plan war eigentlich, ihn auf einen Ausflug mitzunehmen.»

Ich mache die beiden miteinander bekannt, und sie schütteln sich die Hände. «Also, ihr seid sicher, dass ihr allein klarkommt?», fragt Marc noch einmal, bevor er seine Wanderung bergabwärts fortsetzt.

«Vollkommen», versichere ich. Und das stimmt.

Oben am Gipfelkreuz angekommen, packt Großvater eine Flasche Wasser, eine kalte Pizza und für sich eine Flasche Rotwein aus. Und während er sich einschenkt, beginnt er zu erzählen. «Da drüben», sagt er und deutet ins Blaue hinein, in dem ich mühsam einen blauen Gipfel vor blauem Himmel am Rand des blauen Meeres sehe, «da drüben liegt der Ätna. Da habe ich meinen alten Schulfreund verloren.»

Der Ätna, so erzählt er, sei ein noch immer äußerst umtriebiger Vulkan. Er sei sogar Europas größter. Einmal, vor noch gar nicht so langer Zeit, habe er sogar 473 Tage lang Lava gespuckt. Die Menschen hätten versucht, die unaufhörlich fließenden Glutströme durch Dämme und Schutzwälle aufzuhalten, aber das habe nichts genutzt. Am Ende habe man es sogar mit Sprengungen versucht, um die Lava in einen Kanal zu leiten. Einer der Sprengleute war Großvaters alter Schulfreund aus Rinella. Die Explosion riss ihn in den Lavastrom. Er war sofort tot.

Großvater schildert mir den Ausbruch mit seinen Lavafontänen und dem in der Nacht leuchtenden Glutregen, der aus den Eruptionsspalten floss, in so lebendigen Farben, dass ich ihn frage, wie er sich dabei gefühlt habe. Es muss verwirrend sein, wenn etwas so Schreckliches gleichzeitig so schön aussieht. Aber er verzieht nur wieder sein Gesicht zu einem listigen Lächeln und sagt: «Das weiß ich nicht. Ich war ja nicht dabei.»

Und nun sitze ich wieder auf unserer Terrasse unten in Rinella, genieße meine Arbeitspause und denke unablässig über den Ätna, den Vesuv, die Zwillingsvulkane von Salina, über Vulcano und all die anderen feuerspeienden Ungeheuer hier in der Gegend nach.

Es muss wahnsinnig spannend sein, Vulkane und ihre Ausbrüche richtig zu erforschen. Ob Menschen diese Ausbrüche wohl eines Tages verhindern können?

11. August, 00:51h

Meine Verabredung mit Marc näherte sich. Ich gab mir infolgedessen Mühe, nichts mehr zu tun, was in Peinlichkeiten ausarten könnte: vergewissere mich, dass genügend Wasser im Tank ist, bevor ich unter die Dusche steige, wasche mir die Haare und ziehe mir das einzige Kleid über, das ich mitgenommen habe. Ich erinnere mich noch, wie du gelacht hast, Marie, als du meinen kleinen Rucksack gesehen hast.

«Und damit willst du ein Jahr lang auskommen?», hast du mich ungläubig gefragt.

«Ja», habe ich geantwortet. «In Anbetracht der Tatsache, dass ich ohne Dienerschaft reise, scheint mir das eine ganz gute Idee.»

«Es wird der Tag kommen, an dem du dir wünschen wirst, mehr Auswahl bei deinen Klamotten zu haben», hast du mir prophezeit.

Und du solltest recht behalten. Dieser Tag war jetzt da. Ich hätte mich wirklich ganz gern hübsch gemacht. Aber es hat nicht sollen sein.

Marc und ich waren bei Antonio verabredet, einem Neapolitaner, der im Sommer eine Bar hier in Rinella führt und im Winter bei Frau und Kindern in Neapel lebt. Halb Rinella trifft sich abends bei Antonio. Von hier hat man einen tollen Ausblick auf Sonnenuntergang und Meer.

Ich bemerke, dass Marc ein bisschen anders ist als sonst. Schließlich lächelt er verlegen. «Es war ein bisschen einfacher, mit dir zu reden, als du noch nicht so umwerfend ausgesehen hast!»

«Ich könnte mir ein bisschen Schwefel in die Haare schmieren», schlage ich hilfsbereit vor. Und dann fasse ich mir ein Herz. «Selber umwerfend», sage ich.

Eine gefühlte Ewigkeit lang blicken wir uns an. Als ich das Schweigen nicht mehr ertrage, frage ich ihn: «Wo kommst du eigentlich her?»

«Aufgewachsen bin ich in Stralsund», sagt er. «Aber ich lebe seit zwei Jahren in New York.»

Was er da mache, will ich wissen. Er antwortet, dass er dort studiert. Und dann sagt er, ich solle nicht so beeindruckt gucken, ich sei doch selber jemand, den es an fremde Gestade spült. So ist Marc manchmal, das habe ich schon bei unserem ersten Treffen bemerkt: Er sagt diese wunderbar altmodischen Sachen, als wäre es das Normalste von der Welt.

«Und?», frage ich. «Gefällt es dir da?»

Er lacht, und ich bemerke auf einmal das Grübchen in seiner linken Wange, das er dabei kriegt.

«Am Anfang überhaupt nicht. Die Fenster sind vermauert in dem Haus, in dem ich wohne, es dringt kein Tageslicht ein. Mein Mitbewohner hat eine Schwäche für rosafarbenes Neonlicht.» Einmal habe er ihn gefragt, ob er es nicht merkwürdig finden würde, keinen Unterschied zwischen Tag und Nacht zu sehen, da habe er nur die Schultern gehoben und gemurmelt, er sehe den Unterschied auch nicht, wenn er draußen sei. Es stimmt ja, die Geschäfte haben 24 Stunden am Tag geöffnet, die Stadt ist nachts genauso geschäftig wie bei Tag.

Ich erwidere, dass ich mir das merkwürdig vorstelle und gern einmal dorthin fahren würde, um es mir anzusehen. Daraufhin schweigt er, und mir wird plötzlich bewusst, dass ich mich wohl gerade selbst eingeladen habe und dass er jetzt vermutlich nicht weiß, wie er meinen Besuch abwehren soll. «Keine Sorge», füge ich hastig an. «New York liegt nicht auf meiner Route. Ich fahre ganz woandershin.»

Wohin denn, will er wissen.

Ja, wohin? Das ist eine gute Frage. Die Antwort fällt mir so auf die Schnelle nicht ein. «Nach Afrika», antworte ich schließlich vage. Um noch unbestimmter hinzuzufügen: «Ich will durch Afrika durch.»

«Durch Afrika durch?», wiederholt Marc, so als wäre das eine brillante Formulierung. Was es natürlich überhaupt nicht ist. «Aber du weißt noch nicht, durch welche Länder?»

«Mauritius», entfährt es mir. Wie um Himmels willen komme ich jetzt darauf? Ach ja, richtig. Weil dieser Inselstaat vulkanischen Ursprungs ist. «Wegen des Vulkans.»

Marc beugt sich zu mir vor. «Du interessierst dich für Vulkane?»

«Na, ich brenne dafür!» Okay, nur ein mittelmäßiges Wortspiel, aber Marc lächelt trotzdem.

Mittlerweile ist es fast dunkel geworden. Der Himmel leuchtet dunkelviolett. Antonio kommt und verteilt

Kerzen auf den Tischen. «Wollt ihr noch etwas trinken, ragazzi?», fragt er.

Ich sehe Marc an und er mich. «Si!», antworten wir wie aus einem Mund.

«Und warum interessierst du dich so für Vulkane?», will Marc wissen, nachdem Antonio verschwunden ist.

«Wegen Pompeji», erkläre ich.

Und dann erzähle ich ihm, wie ich dort spazieren gegangen bin, in den antiken Straßen von Pompeji, in denen Archäologen alles genauso wieder aufgebaut haben, wie es beim Ausbruch des Vesuvs vor über 2000 Jahren gewesen ist. Die Mauern, die Häuser, sogar die Graffiti. Die merkwürdigen Schilder fallen mir wieder ein, die den Weg in die Bordelle weisen. Es sind nicht etwa Hände, die zum nächsten Kaufhaus körperlicher Freuden deuten, sondern ein männliches Geschlecht. Ich hole Luft, um Marc von diesen vorchristlichen Werbemaßnahmen zu berichten, aber dann fällt mir auf, wie unangebracht es möglicherweise wirken könnte, jetzt das Wort «Penis» zu verwenden, und so mache ich den Mund wieder zu.

«Hast du Hunger?», fragt Marc in offenkundiger Missdeutung meiner Mundbewegungen.

Ich schüttele den Kopf.

Wir trinken Granita, Antonios Spezialität, und reden dabei immer weiter über Vulkane. Marc kennt eine ganze Reihe von Vulkankatastrophen, die ziemlich schauderhaft sind. Es ist wohl nur selten so, dass die Menschen im Lavastrom ersticken, der sich bei einem Ausbruch herauswälzt. Meistens werden die Ausbruchsopfer von den Phosphordämpfen vergiftet, oder die umherfliegenden Lavabrocken erschlagen sie. Eine andere bei Vulkanen beliebte Todesart besteht laut Marc darin, dass sie Glutwolken entsenden. Die bestehen aus heißem Gas, Asche und Gesteinsbrocken und verwüsten binnen Minuten alles, was in der näheren Umgebung liegt. Ich versuche, diese Vision mit meinen Erzählungen von Supervulkanen zu toppen. Dem kann Marc nichts mehr entgegensetzen. Die zigtausend Liter Magma, die unter solch einem Supervulkan gelagert sind, würden bei einem Ausbruch dafür sorgen, dass der Ascheregen den ganzen Globus bedeckt. Die Folgen wären Erdbeben und Flutwellen. Weltweit würden die Temperaturen absinken, das hätte ein riesiges Artensterben zur Folge. Zum Glück passieren diese Ausbrüche nur alle hunderttausend Jahre oder so, worauf Marc und ich erleichtert anstoßen. Dann erzähle ich ihm von den Wandmalereien, die ich in Pompeji gesehen habe. Vor allem das Bild einer jungen Frau, die keinen Namen trägt, hat es mir angetan. Auch Marc erzählt mir, dass er sich immer und überall vorstellt, wie die Leute wohl früher gelebt haben, was sie gegessen, getrunken und sich gewünscht haben. Und dann schweigen wir. Wieder sehen wir uns lange in die Augen. Ob ich mit ihm mal hinüber nach Stromboli fahren würde, fragt er mich. Stromboli, die Insel, wo der Vulkan jeden Abend Feuerfontänen in den Himmel spuckt, dass es nur so leuchtet und knistert. Und ich sage ja.

12. August, 23:02h

Marie: Wollte dir gerade auf deine Mail antworten, da sehe ich, dass du online bist ...

Lona: Hallo meine Süße!!! Geht es dir immer noch so gut?

Marie: Nqjq, heute hqt es den gqnzen Tqg geregnet. Morgen soll es quch regnen. Irgendeinen Rqtschlqg pqrpqt, was ich mit meiner Zeit Sinnvolles qnfqngen könnte?

Lona: Öh ... An deiner Rechtschreibung arbeiten?!

Marie: Ha ha, sehr witzig, war eben abgelenkt beim Tippen.

Lona: Du kannst mir eh kein q für ein a vormachen. Außerdem hast du nicht abgelenkt zu sein, wenn du mit mir chattest. Also Süße, was ist neu?

Marie: Ja, also, es gibt da jetzt so eine Marie'sche Unternehmensphilosophie.

Lona: Ehrlich? Und die lautet?

Marie: Glücklichsein!

Lona: Yep! Von diesem Unternehmen kaufe ich Aktien!

Marie: Und es gibt ein neues geheimes Gesetz.

Lona: Ich zücke auf der Stelle mein Gesetznotizbuch.

Marie: Vielleicht ist es auch eine Abmachung zwischen den Völkern, so ein Sonderzusatz: Geheimparagraph 1, Absatz 1 lautet: Alle Personen, die Marie Krüger heißen, aus Hamburg in Deutschland stammen und sich kurz vor dem Abitur das rechte Bein gebrochen haben, müssen glücklich gemacht werden. Oder vielleicht wird jeder Mensch mit dem Wissen geboren, dass er Marie

Krüger glücklich machen soll, sonst kriegt er Probleme. Und auf Probleme hat ja niemand Lust. Und so widmet sich jeder geflissentlich seiner Aufgabe. Einer gar nicht mal so schwierigen übrigens. Sogar, wenn es regnet.

Lona: Ich verstehe zwar nur Bahnhof, aber es klingt wahnsinnig toll!

Marie: Beispiel eins.

Lona: Ja?

Marie: Der Knochendoktor hat gesagt, dass mein Gips nächste, spätestens übernächste Woche abkommt!

Lona: Ein hervorragendes Beispiel! Und Nummer zwei?

Marie: Lennart und ich verbringen immer noch jeden Tag miteinander.

Lona: Oh! Mann!

Marie: Ich maile dir jetzt mal ein Foto von uns …

Lona: Ich bin gespannt.

Marie: So! Müsste angekommen sein!

Lona: Huch? Was hast du dir denn für eine Frisur machen lassen, Süße?

Marie: Rocksängerinnen tragen die Haare jetzt so!

Lona: Noch so ein Grund, nicht ins Showbusiness einzusteigen …

Marie: Hallo? Hast du nur Augen für meinen Kopf?

Lona: Ach so, entschuldige, ihr seht sehr süß aus mit euren Gipsbeinen! Als würdet ihr auf ein Faschingsfest gehen … ☺

Marie: Hey! Man macht keine Witze über Behinderte!

Lona: Kleine Frage zur Technik. Ist so ein Gipsbein nicht hinderlich im Bett?

Marie: Es ist sehr lustig!!

Lona: Du kannst dieses Verfahren also weiterempfehlen?

Marie: Unbedingt! Probier es aus!

Lona: Leider habe ich gerade keine Gelegenheit dazu.

Marie: Was ist mit deinem Marc?

Lona: Er ist nicht MEIN Marc.

Marie: ☹

Lona: Und selbst, wenn er es wäre – sich ein Gipsbein zuzulegen, ist, glaube ich, nicht so sein Ding …

Marie: Männer! Ich sag's ja!

Lona: Verstehen manchmal eben keinen Spaß.

Marie: Aber jetzt im Ernst: Wann siehst du ihn wieder?

Lona: Weiß ich leider noch nicht. Muss wieder lange arbeiten. Und übermorgen mache ich ja diesen Segeltörn.

Marie: ???

Lona: Vergessliche! Habe ich dir doch geschrieben! Segelschiff, alt, bunte Leute, Wale und Delphine angucken – klingelt da was?!

Marie: Ach so ja, entschuldige … Mein Gedächtnis ist zurzeit nicht das beste. Ich glaube, Liebe macht blond.

Lona: Das habe ich auf dem Foto gesehen.

Marie: Hey! Auch Blondinenwitze sind politisch nicht korrekt!

Lona: Nicht, wenn es sich um falsche Blondinen handelt! Außerdem hast du selbst damit angefangen. Ich verabschiede mich. Morgen wartet wieder ein großer Berg Geschirr auf mich.

Marie: Schlaf schön, Süße!

Lona: Du auch!

14. August, 08:14h

Wer auch immer behauptet hat, dass das freie Jahr nach dem Abi eine Zeit des Faulenzens sei, ist ein Lügner und gehört öffentlich zur Schau gestellt! Fakt ist nämlich, dass ich nie zuvor in meinem Leben so oft und so früh hintereinander aufgestanden bin. Nicht einmal am Wochenende kann ich ausschlafen. Gut, ich bin auch selbst schuld, dass ich mich freiwillig für diesen Segeltörn heute gemeldet habe. Und obwohl ich so müde bin, dass ich kaum das Meer vor mir erkenne, freue ich mich wahnsinnig darauf! Sich einen Tag lang schaukeln lassen, zwischen den Inseln kreuzen, die Vulkane von Ferne sehen ... Und dazwischen den einen oder anderen Delphin ...

Arrivederci ragazzi, heute Abend schreibe ich mehr!

14. August, 21:53h

Oh, mein Gott. Ich wusste ja, dass Teppiche, die mit Katzenurin durchtränkt sind, nicht nach Parfümerieabteilung riechen, aber dass es so schlimm ist, hätte ich mir dann doch nicht vorgestellt. Während ich dies schreibe, habe ich mir mein T-Shirt vor Mund und Nase gebunden und trage also nur noch Jeans und BH, sodass ich vermutlich eher einer Bankräuberin aus dem Comic ähnele als der Delphintouristin, die ich ja heute eigentlich sein wollte. Fehlt nur noch der Colt. Ich bin so wütend, dass ich in der Darstellung meiner Banditenrolle vermutlich sogar authentisch wirken würde. Fehlt ehrlich gesagt nicht viel, und ich zertrümmere hier das Mobiliar. Mit der schwarzen Witwe, die mir dieses stinkende Zimmer in ihrem stinkenden Haus auf dieser gottverlassenen Insel angeboten hat, müsst ihr jedenfalls kein Mitleid haben. Sie hat mich nicht aus Barmherzigkeit aufgenommen, sondern für ziemlich viel Geld.

Aber der Reihe nach.

Heute Morgen ging ich wie abgemacht zum Hafen hinunter, an dem der Segelschoner liegt. Eine Frau um die dreißig winkt mir fröhlich vom Dach der Kajüte zu, eine andere legt den Arm um mich, nachdem ich über eine Planke an Bord geklettert bin, und fragt mich, ob ich durstig bin. Ich komme mir ein bisschen wie die lang vermisste kleine Schwester vor und erkläre, von meinem Durst auf ein schönes Segelabenteuer einmal abgesehen, läge alles noch im grünen Bereich. Mit Segeln ist aber erst einmal Essig, der schwedenblonde Typ an der Ruderpinne steuert den Schoner per Motor aufs Meer. Braucht der Skipper beim Segelsetzen vielleicht Hilfe, frage ich die Dreißigjährige, die sich mir als Pranavi vorstellt. Pranavi schüttelt ernst den Kopf. Ashish sei kein Skipper, erklärt sie. Sie seien hier alle gleich an Bord. Ashish? Ich hoffe, dass dies kein Spitzname ist, der sich auf Rauchpraktiken bezieht, die die Fahrtüchtigkeit beeinträchtigen. Aber die einen hätten doch sicherlich bessere Segelkenntnisse als die anderen?, vermute ich laut. Und dann dürften die mit den besseren Kenntnissen doch wohl den anderen ein paar

Ratschläge erteilen? Pranavi lächelt ein geheimnisvolles Lächeln, hüllt sich fester in ihr Batiktuch und geht davon. Gut, wird dieser Hippie eben nicht meine Freundin. Ich lasse mich auf einer Bank nieder, die unterhalb der Reling angebracht ist, und blicke aufs Meer hinaus. Wir zischen mit einer ziemlichen Geschwindigkeit durch das Wasser. Wäre ich ein Delphin, bekäme ich ein bisschen Angst vor uns. Zumindest scheint mit dem Schiff aber alles in Ordnung zu sein. Wenn niemand diesen Ashish am Steuer ablöst, könnten wir es locker an einem Tag bis zur Côte d'Azur schaffen. Dieses Reiseziel entlockt mir jedoch keine Freudenschreie. Wem es nach einem Augusturlaub an der Côte d'Azur gelüstet, kann sich auch gleich mit ein paar Dutzend fremder Menschen in einen Fahrstuhl quetschen. In puncto Hitze und Körperkontakt käme er dabei ebenso gut auf seine Kosten wie an einem Strandtag bei Cannes. Ich sehne mich jedenfalls gerade nicht nach Körperkontakt, stelle ich fest, als sich ein Typ neben mir niederlässt, dichter, als es eigentlich vonnöten wäre, denn die Bank ist ziemlich breit.

«Rajneesh», sagt er und lächelt mich an. Auf dem Kopf trägt er einen Turban, und um die Hüften hat er sich ein Stück Tuch gewickelt.

Ich überlege, ob ich den Gruß in seiner Landessprache wiederholen soll, entscheide mich dann aber für ein schlichtes «Hi!».

Der Typ runzelt die Brauen. «Rajneesh ist mein Name», erklärt er in breitem norddeutschen Dialekt.

Ich rücke ein bisschen von ihm ab. «Lona», sage ich.

«Und das da ist Susanna», stellt er mir eine dunkelhaarige Schönheit vor, die in weißem Bikini eben die Treppe heraufkommt. «Sie möchte genau wie du einen Tag lang mal ausprobieren, wie es ist, einer von uns zu sein.»

Ich überlege kurz, ob ich diesem selbsternannten Guru zu verstehen geben soll, dass dies keineswegs der Zweck meiner Reise ist, lächele stattdessen aber Susanna an. Schön, dass hier noch jemand keinen Bollywood-Namen trägt und normal aussieht. Allerdings – was heißt schon normal?! Susanna sieht aus wie ein Filmstar mit ihren braungebrannten langen Beinen, der großen Oberweite und den wunderschönen langen Haaren.

Sie setzt sich neben Rajneesh und fängt an, ihre Haare zu einem Zopf zu flechten. «Mein Nacken tut mir so weh», erklärt sie auf Englisch und sieht Rajneesh von unten bittend an. Das lässt Rajneesh sich nicht zweimal sagen und beginnt, ihre Schultern zu massieren.

Ob ich ein bisschen mit ihm und Susanna meditieren wolle, will er wissen und wendet sich mir lächelnd zu. Ich lehne dankend ab und versuche dabei, nicht unhöflich zu klingen.

«Du wirst sehen, das wird dir guttun», erklärt er und rückt mir nach, wobei er tatsächlich Susannas Schultern loslässt. «Ich finde dich ein bisschen verspannt.»

«Mit mir ist alles in Ordnung», sage ich. Mit Betonung auf MIR. Ich habe erste Zweifel an der Schiffsbesatzung. Die Aussicht, einen ganzen Tag lang mit selbsternannten Entspannungskünstlern zu verbringen, stresst mich irgendwie. Aber für den Ausstieg ist es zu spät. Schon hat Ashish den Schoner mit Volldampf aus dem Archipel herausgesteuert. Stromboli, die nördlichste der Liparischen Inseln, ragt als ferner, blaugrauer Kegel hinter uns aus dem Meer. Ich drehe mich so um, dass ich Rajneesh, der Susanna mit geschlossenen Augen die Schultern massiert, nicht mehr sehe, und konzentriere mich stattdessen auf das Meer. Leider entdecke ich weit und breit kein Anzeichen für unterseeisches Leben. Keine dunklen Schatten, die durch das Wasser gleiten, keine plötzlich auftauchenden Delphinflossen, keine spritzenden Wasserfontänen. Allerdings ist die Geschwindigkeit des Schoners nach wie vor so hoch, dass ich die Meeressäuger nicht einmal erkennen würde, wenn sie mich mit Papierkügelchen bewerfen würden. Wobei ich immer noch nicht weiß, ob es hier in der Gegend überhaupt Delphine gibt. Der spöttische Kommentar meines Cousins Giuseppe (dem aus Malfa) fällt mir wieder ein: Dass er noch nie von Delphinen im Tyrrhenischen Meer gehört habe, und was ich wohl als Nächstes für ein in diesen Breitengraden mythologisches Tier aufsuchen wolle, eine zweiköpfige Hydra vielleicht, den Tyrannosaurus Rex? Ich drehe mich von meinem Aussichtspunkt an Backbord weg in der Hoffnung, Steuerbord mehr zu sehen als eine Menge blaues Wasser. Und in der Tat. Susanna hat ihren Bikini ausgezogen und steht ohne eine Faser am Leib da. Auch Körperkontakter Rajneesh ist jetzt nackt. Hilfe, ich hasse Nudisten! Habe sie schon als Kind am Nordseestrand gehasst! Ich bin vielleicht voreingenommen, aber meiner Ansicht nach haben die wenigsten Nudisten einen Körper, der sich nackt sehen lassen kann. (Ausgenommen natürlich Susanna, wie ich ein bisschen neidisch anerkennen muss.) Schaudernd denke ich an die Berge von stolz zur Schau getragenen Fettpolstern zurück. Damals waren Mama und Papa aus Versehen mit uns an einen Strandabschnitt gefahren, der das Schild «FKK-Strand» trug. Da keiner meiner Elternteile Deutschmuttersprachler ist, hatten sie das Schild irrtümlich mit Frischkäseverkauf oder so ähnlich übersetzt. Auch Rajneesh hat nicht die Art von Körper, die anzusehen mir ein gesteigertes Vergnügen bereitet, folglich drehe ich mich wieder weg. Ob ich ein Problem damit hätte, dass sie sich so frei fühlen würden, will Rajneesh von mir wissen. Nein, antworte ich, ich hatte mir die Säugetiere auf meiner Whale-Watching-Tour nur etwas weniger behaart vorgestellt. Er starrt mich ungläubig an. Ich klettere auf das Dach der Kajüte hoch, in der Hoffnung, dass der Ausblick von oben aufs Meer ergiebiger ist, stoße jedoch nur auf ein anderes Wesen in gebatikten Sachen, das im Schneidersitz da sitzt. Daumen und Zeigefinger hat es zu einem Kreis geschlossen, und dabei murmelt es leise vor sich hin. Ich kann nicht genau erkennen, ob es sich um einen Mann oder eine Frau handelt, bin aber gleichzeitig auch ganz dankbar dafür, dass es seine körperlichen Geschlechtsmerkmale nicht so offen zur Schau trägt wie die beiden Indienfreunde unten, immerhin hat es seine Sachen noch an. Ich warte, bis es die Augen öffnet, denn es hat meine Schritte bemerkt, dann nicke ich ihm zu. «Hi, ich bin Lona, euer Tagespassagier.»

Das Wesen erwidert lächelnd meinen Gruß.

Ich frage das Wesen, mit welcher Methode es die Meeressäuger zu orten gedenke. Es blickt mich mild und nachsichtig an, so als sei ich ein Schulkind, das nichts dafür kann, dass es noch so wenig weiß. «Wale und Delphine senden Schwingungen aus», erklärt es lächelnd. «Wenn ich meditiere, fühle ich sie.»

Wie weit die denn jetzt noch weg wären, die Wale und Delphine, will ich wissen in der wahnwitzigen Hoffnung auf eine Antwort, die nicht wie aus einem Handbuch für Spinner klingt.

«Kann ich noch nicht sagen», antwortet das Wesen. «Ich war in meiner Meditation noch nicht tief genug.»

Die Stunden verstreichen, und nichts passiert. Gegen Mittag verschwinden Susanna und Rajneesh ins Innere des Schiffes, um ihr Karma zu reinigen, wie Rajneesh dem Rest der Mannschaft ungefragt verrät. Was es damit auf sich hat, kann ich mir anhand der Geräusche, die von der Kajüte ans Deck dringen, leicht erklären. Ashish, der sich mittlerweile in einer Art Geschwindigkeitsrausch befindet, steuert immer weiter gen Norden zu. Warum wir nicht allmählich Segel setzen, möchte ich wissen. Er deutet nach vorn in Richtung französische Küste. «Weil uns der Wind entgegenbläst», erklärt er. «Keiner an Bord weiß, wie man kreuzt.»

Ich biete an, den Job zu übernehmen. Sicher, meine Segelkenntnisse sind nur suboptimal, und diejenigen, die mir nahestehen, kennen die Geschichte von dem Törn nach Bornholm, bei dem mir die Crew todesmutig die Nachtwache übertrug, aber auch, wenn ich mitunter einen aufziehenden Sturm nicht erkenne, so weiß ich doch einigermaßen, wie man kreuzt.

Verfluchte Hacke, die Schwarze Witwe hat einfach das Licht im Haus abgedreht! Sogar in meinem als Gästezimmer getarnten Katzenklo! Ich kann zwar noch den Monitor erkennen, aber nicht mehr die Tastatur. Na gut, schreibe ich eben morgen weiter! Gute Nacht!

15. August, 06:22h

Eine *gute* Nacht sieht sicherlich anders aus. Vor allem riecht sie nicht so. Da hat alles Lüften nichts genützt. Die Katze, die in diesem Zimmer ihre Notdurft verrichtet hat, muss zum Zeitpunkt der Erleichterung eine ziemlich volle Blase gehabt haben. Anders ist die Menge an übelriechenden Flecken auf dem Teppich nicht zu erklären. Woäh, schnell raus hier! Aber erst mal frühstücken! Habe Hunger wie ein Wolf!

15. August, 09:13h

Eines muss ich Tante Graziella ja lassen: Sie mästet ihre Familie zwar wie Zuchtvieh, aber wenigstens tut sie das auf die denkbar geschickteste Art. Was sie auch auftischt, es schmeckt so, dass man es in größeren Mengen zu sich nimmt, als man ursprünglich vorgehabt hatte. Meine katzenliebende Schwarze Witwe könnte bei ihr sicherlich in die Lehre gehen. Aber dafür hängt sie wohl zu sehr an ihren Gewohnheiten. Als ich sie darauf hinwies, dass es in ihrem Gästezimmer ziemlich stark gerochen hätte und dass mich der Geruch nicht hat einschlafen lassen, fauchte sie bloß, dass das Zimmer schon immer so gewesen sei und dass sich frühere Gäste nicht darüber beschwert hätten.

Jetzt sitze ich in einer kleinen Cafébar unten in Alicudi Porto, dem Hafen der kleinen Insel, auf der ich gestern Abend gestrandet bin, und warte auf die Fähre, die mich zurück nach Salina bringt. Tante Graziella und die drei Giuseppes werden staunen, wenn ich ihnen die Geschichte von meiner Whale-Watching-Tour erzähle. Ich schreibe sie nachher auf Salina zu Ende. Jetzt muss ich zum Anleger. Gleich kommt mein kleines weißes Schiff!

15. August, 10:47h

Porca madonna e vaffanculo! Ich weiß, Papa, das sagt man nicht, aber wenn es je eine Situation gab, in der diese Flüche angebracht gewesen wären, so ist es diese hier, denn das Fährunternehmen Siremar frönt einem beliebten italienischen Hobby: dem Streik. Enrico, der Barmann hier am Hafen, hat mich soeben darüber aufgeklärt, warum ich seit fast anderthalb Stunden auf meine Fähre warte und warum das Warten auch in den kommenden Tagen vergeblich sein wird. Die Siremar streikt – e basta! Enrico hat das nur mit einem Schulterzucken kommentiert: «E così!» Was nun? Zunächst einmal sollte ich auf Salina anrufen, denn ich nehme nicht an, dass Tante Graziella oder auch Großvater meine Einträge im Blog verfolgen. Dann muss ich wohl oder übel zurück zur Schwarzen Witwe und für eine weitere Nacht Obdach bei ihr suchen. Zwar gibt es hier auf der entlegensten Insel des Archipels auch ein Hotel (ein einziges), aber Hotelpreise kann ich mir erst recht nicht leisten, von daher muss ich wohl oder übel zurück ins Katzenklo. Hilfe!!! So hatte ich mir meine Reise nicht vorgestellt!

15. August, 11:03h

Klar, wenn einmal der Wurm drin ist, verfault auch der ganze Rest! Telefonieren ist zurzeit auf Alicudi nicht möglich, weil es einen Stromausfall gibt. Überhaupt scheint es hier mit dem Strom seine eigene Bewandtnis zu haben. Den gibt es nämlich erst seit 1991! Das erklärt natürlich auch den Katzenurin im Gästezimmer meiner Pensionswirtin. Die Katze konnte in jener Nacht, in der sie die volle Blase hatte, einfach nicht sehen, wo ihr Katzenklo stand! Und deswegen kann ich jetzt auch meine Einträge nicht posten und auch keine E-Mails lesen. Schreibe aber trotzdem weiter – und sei es auch nur, um mich selbst bei Laune zu halten. Mein iPhone habe ich dummerweise auf Salina gelassen. Dachte, *ein* elektronisches Gerät (mein kleiner Laptop) sei unterwegs genug. Um den Tag abzurunden, hat mich eben auch noch die Schwarze Witwe mit einem schadenfrohen Lächeln begrüßt, als ich zu ihr zurückgekehrt bin. Sie konnte sich die Bemerkung nicht verkneifen, dass die vergangene Nacht in dem angeblich so übel riechenden Zimmer ja nicht so schlimm gewesen sein konnte, wenn ich erneut bei ihr zu wohnen beliebe. Ich habe einen Schreikrampf unterdrückt und bin sofort wieder geflüchtet. Jetzt habe ich keine Ahnung, wo ich heute Nacht schlafen soll. Aber es ist ja warm. Warum nicht unter freiem Himmel? Schlimmer als bei den Hippies kann es wohl nicht sein.

Womit ich zu dem Thema zurückkehre, mit dem ich gestern aufgehört habe: Die Diskussion um Segel setzen oder weiterhin mit Rekordgeschwindigkeit in Richtung Nordpol rasen hat sich nach stundenlangem Motorenlärm von selbst erledigt, denn plötzlich gab es einen Knall. Sekunden später tauchten Rajneesh und Susanna von unten auf, beide immer noch ihres Lendenschurzes respektive Bikinis beraubt, milde Bestürzung im Gesicht.

«Ist was passiert?», will Rajneesh wissen, was keiner an Bord ihm so recht sagen kann, selbst das mit allen Vorgängen im Universum vertraute meditierende Wesen auf dem Dach der Kajüte nicht.

Es stellt sich heraus, dass der Schoner einen Motorschaden erlitten hat. Da der Wind von Norden kommt und Ashishs Angaben zufolge sich kein Besatzungsmitglied in der Lage sieht zu kreuzen, segeln wir halt wieder in Richtung Liparische Inseln zurück. Mit persönlich ist das ganz recht, denn ich möchte mittlerweile nur noch eines: runter von Bord. Dieses Verlangen äußere ich dann auch laut, was Rajneesh erneut zu der Bemerkung veranlasst, dass ich verkrampft aussähe.

Der Wind treibt uns in südwestliche Richtung, und kurz vor Alicudi beschließt Ashish, Anker zu werfen, um im Meer schwimmen zu gehen. Das findet meine volle Zustimmung.

Ich liebe es, im offenen Meer zu schwimmen! Ich habe dann das Gefühl, dass alles um mich her unendlich ist. Ich tauche, lasse die Augen dabei offen und staune darüber, wie klar das Wasser hier ist. Ein Schwarm schillernder Fische zieht an mir vorbei, und als ich versuche, einen von ihnen zu berühren, umhüllt mich plötzlich der ganze Schwarm. Ein kleines Glücksgefühl steigt in mir auf. Ich bin tatsächlich unterwegs, an einem der schönsten Orte der Erde, ich habe noch mein ganzes Leben vor mir, ich kann tun und lassen, was ich will!

Doch als ich wieder auftauche, bemerke ich, wie weit ich mich vom Schoner entfernt habe. Schlimmer noch: Die Crew ist bereits wieder vollständig an Bord und sieht mir beim Schwimmen zu. Ich bemerke, dass die Blicke der Möchtegern-Inder alles andere als freundlich sind.

«Wir haben beschlossen, dich hier abzusetzen», erklärt Rajneesh, als ich über die Außentreppe wieder an Bord geklettert bin. «Du passt einfach nicht zu uns.»

Ich bin geneigt, diese Einschätzung zu teilen, kann mich aber nicht enthalten zu fragen, was denn nun mit den Walen und Delphinen sei.

«Du hast den Anblick dieser lieben und sensiblen Meeresbewohner einfach nicht verdient.» Pradavi reckt trotzig ihr Kinn. Die schöne Susanna lächelt geheimnisvoll.

«Ihr anscheinend auch nicht», kontere ich. «Sonst hättet ihr ja wohl mal langsam welche gesehen!» Aber es hat keinen Sinn, weiter zu debattieren. Ashish steuert den Schoner Richtung Alicudi. Und hier gehe ich von Bord. Und bin recht dankbar dafür.

Als ich meine Reise zu den Liparischen Inseln plante, habe ich mich vor allem über Lipari, Panarea, Vulcano und Stromboli informiert. Salina kannte ich ja noch von den Reisen mit meinen Eltern. Über Alicudi habe ich nichts gewusst. Und so ist meine erste Gefühlsregung auch Überraschung, als ich durch den Ort am Hafen gehe, meine Windjacke und den Laptop unterm Arm. Dieser Ort besteht nur aus einer Ansammlung von wenigen Häusern, und merkwürdigerweise führt keine Straße von dort heraus. Hinter den Häusern erhebt sich der Vulkan. Eine Rauchwolke kräuselt sich aus dem Schornstein eines gelben Hauses mit grünen Fensterläden. Ich stehe noch so da und starre zum Kegel des Vulkans empor, als ich plötzlich ein rhythmisches Klacken hinter mir höre. Ein Maultier mit einer Kiste Coca-Cola auf dem Rücken zieht auf dem mit unbehauenen Steinen gepflasterten Treppenweg den Vulkan empor, gezogen von einem Jungen in meinem Alter, der mich freundlich angrinst und das Maultier am Zügel hält. Ich lächele vorsichtig zurück. Diese Insel kommt mir irgendwie gespenstisch vor.

«Kann ich dir helfen?», fragt der Junge.

«Ja, ich suche die Fähre rüber nach Salina», antworte ich. «Die fährt doch bestimmt von hier?»

Der Junge schüttelt den Kopf und deutet in Richtung Himmel, dort, wo sich ein erster orangefarbener

Streifen zeigt. «Heute nicht mehr», sagt er. «Erst morgen wieder. Um viertel vor zehn.»

Ich stelle fest, wie lang ich auf diesem Schoner des Schreckens unterwegs gewesen bin.

«Weißt du, wo ich hier übernachten kann?», frage ich. «Sollte möglichst günstig sein.»

Der Junge deutet auf ein weißes Haus, das sich über dem Ort erhebt. «Signora Balancini», sagt er. «Sie vermietet Zimmer. Wenn du mit mir mitkommen möchtest. Ich führe dich dorthin.»

Und so kam es, dass ich begleitet von einem Jungen, einem Maultier, und einer Kiste Cola vor dem Haus der Schwarzen Witwe gelandet bin.

15. august, 16:02h

Es ist ein irres Gefühl, den Rand eines Vulkankraters als Schreibunterlage zu nutzen. Still ist es hier oben, so still, dass ich das Gefühl habe, in einer mit Watte gepolsterten Welt gelandet zu sein. Kleine weiße Wattebäusche segeln auch über den Himmel. Unter mir liegt das weite blaue Meer. In der Ferne erkenne ich die Vulkangipfel der Nachbarinseln. Weit über meinem Kopf, zwischen den weißen Wölkchen, zieht ein Vogel seine Kreise. Ich bin allein mit meinen Gedanken und Gefühlen, allein mit mir selbst. Und das gefällt mir sehr.

Es ist schon seltsam: Als ich noch in Hamburg war, bin ich so gut wie nie allein gewesen. Vormittags Schule, nachmittags zu Hause, wo eigentlich auch immer irgendjemand war, abends und an den Wochenenden dann Party. Das habe ich genossen, jede Minute davon. Und dann kam der Tag vor meiner mündlichen und letzten Abiprüfung. Viertes Prüfungsfach Chemie. Ich wusste: Wenn ich das geschafft habe, wenn ich das hinter mir habe, beginnt eine neue Ära, ein neuer Lebensabschnitt. Doch wie in Teufels Namen sieht der aus? Zum wohl tausendsten Mal in diesem Jahr denke ich darüber nach. Und endlich, jetzt endlich habe ich so etwas wie den Schimmer einer Antwort darauf.

Vom Hafen aus bin ich vorhin dem Treppenweg gefolgt, der zur Kirche S. Bartolo hinaufführt. Alle Wege treffen hier auf dem kleinen Kirchplatz zusammen. Ich habe mich auf einer der gemauerten Sitzbänke niedergelassen im Schatten einer Weinpergola. Dann habe ich die weiße Schrift auf den Felsen gesehen, die hinter der Kirche in die Höhe ragen: Crateri. Ich bin der Schrift in einen Talkessel gefolgt. Und da waren sie, die erloschenen Krater der Vulkane, aus denen Alicudi besteht. Ich wollte mich gerade wieder umdrehen, um zum Strand zurückzugehen, als ich eine Stimme hörte. Es war der Junge mit dem Maultier. Auch jetzt hatte er das Tier wieder am Zügel, doch die Kiste auf dessen Rücken war leer. Der Junge blieb einen Moment stehen, um zu fragen, ob ich bei der Signora Balancini noch ein Zimmer gefunden hätte. Um ihn nicht zu beleidigen (sicherlich ist auf dieser Insel jeder mit jedem verwandt) erzählte ich ihm lediglich, dass die Übernachtung zustande gekommen wäre, besten Dank. Er grinste und bekundete, dass ich seltsam aussehen würde, allein in den Bergen mit einem Computer unter dem Arm. Ich hätte darauf leicht erwidern können, dass er mit seinem Getränke-Express ein nicht minder komisches Bild abgäbe, verkniff mir aber den Spott. Er deutete auf einen Weg, der links hinter der letzten Häusergruppe bergan führte, und erklärte, dass ich dort zum höchsten Gipfel des Vulkans gelänge.

Herb und steinern wirkt die Landschaft hier oben, wie aus einer lang zurückliegenden Zeit. Götter, Fabelwesen und ihre mythologischen Kämpfe fallen einem hier unwillkürlich ein. Und dein Witz, Marie, als wir in Altgriechisch nebeneinander saßen: «Geht ein Zyklop zum Auge-Arzt ...» Ja, so langsam lichtet sich der Nebel der Ratlosigkeit. Noch immer weiß ich nicht, was die Zukunft für mich bereithält. Aber ich weiß jetzt, wie ich sie mir wünsche. Sie hat etwas mit Vulkanen zu tun.

15. August, 19:02h

Ich habe beschlossen, den Abstieg heute nicht mehr zu machen. Da ich ohnehin gewillt bin, draußen zu schlafen, bin ich hier oben bestimmt sicherer als in den Inselweilern oder gar unten am Strand. Schade, dass ich hier nichts mehr posten kann und auch eure Mails nicht mehr erhalte. Jetzt bin ich nicht mehr nur allein. Ich bin komplett abgeschnitten von der Welt.

15. August, 22:03h

Ich habe noch nie in meinem Leben so viele Sterne gesehen ... Mir ist kalt, ich habe Durst und Hunger, und wenn ich ganz ehrlich bin, habe ich hier oben auch ein bisschen Angst. Aber dieser Sternenhimmel über mir ist so gewaltig, so funkelnd und herrlich, dass ich gleichzeitig sehr glücklich bin ...

16. August, 14:32h

Homers Odyssee! Was habe ich mich gelangweilt, als wir sie lesen mussten! Und wie gut kann ich den Mann, diesen Odysseus, jetzt verstehen! Es ist geradezu rauschhaft seligmachend, an fremde Gestade gespült zu werden! Das ganze Leben sollte so sein!

Nach meiner Nacht am Vulkankrater bin ich frühmorgens mit steifen Gliedern, völlig durchgefroren und halb verdurstet wieder die drei Stunden zum Hafen zurückgegangen. Schnurstracks zu Enrico in die Bar, wo ich einen großen Caffè Latte trank. Dazu hat mir Enrico etwa zwei Liter Wasser und unzählige Tramezzini gereicht. Irgendwann fühlte ich mich tatsächlich wieder wie ein Mensch. Enrico erzählte, dass die Siremar noch immer streiken würde, aber dass er im Lauf des Tages mit seinem Motorboot nach Filicudi hinübersetzen würde, ob mich das meinem Ziel näher brächte? Ich sagte ja, das täte es in der Tat, schließlich ist Salina

Filicudis Nachbarinsel, und bestimmt gebe es dort auch Strom.

Diese Hoffnung erwies sich allerdings als trügerisch. Soeben hat mich Enrico hier am Hafen von Filicudi abgesetzt, und ich bin in die nächste Bar gegangen, um dort meinen Akku aufzuladen (ich verstehe das durchaus im doppelten Wortsinn), aber leider ist es auch hier mit Strom nicht weit her. Und darum kann ich auch nichts mehr schreiben, denn mein Akku

16. August, 17:43h
An: lona.mastroianni@web.de
Betreff: Katzen + Delphine

Liebe Lona, ich finde deine Tierberichte etwas merkwürdig. Ständig berichtest du von Katzen, Walen und Delphinen, die du irgendwo in deiner Nähe vermutest, aber seltsamerweise taucht keines dieser Tiere leibhaftig auf! Würdest du die Freundlichkeit haben und mich über deren Verbleib aufklären? Ohne dich rügen zu wollen: Deine Erzählung hängt sonst etwas in der Luft!
Marie

16. August, 21:05h
An: lona.mastroianni@web.de
Betreff: Dann meinetwegen nur Delphine

Hast du jetzt welche sehen können oder nicht? Falls ja, beneide ich dich sehr darum! Ich würde auch gern einmal Delphine beobachten! Lennart meinte, er wäre sogar schon mal mit welchen geschwommen. Das habe ich ihm natürlich nicht geglaubt. Bis er nach vielem Hin und Her das Beweisstück gezückt hat. Ein Foto, auf dem er zwölf Jahre alt ist und mit einer Zahnklammer im Mund lacht. Es war ihm augenscheinlich richtig peinlich. Aber in Wahrheit ist er darauf nur süß!!!

17. August, 11:12h
An: lona.mastroianni@web.de
Betreff: Hallo?!

Deine Art, Geschichten zu erzählen, erreicht eine neue Dimension, meine Süße. Statt im spannendsten Moment abzubrechen, fängst du jetzt wohl gar nicht erst an?

17. August, 16:12h
An: lona.mastroianni@web.de
Betreff: Totale Pleite

Ich schätze, du hast keine Delphine gesehen, und jetzt weißt du nicht, wie du uns das im Blog vermitteln sollst. Und was ist mit der Schwarzen Witwenkatze und ihrem Blasenproblem? Gibt es zumindest darüber etwas zu erzählen?

18. August, 08:12h
An: lona.mastroianni@web.de
Betreff: Marie is calling

Kuckuck! Lona! Gib doch mal ein Zeichen! Ich finde es nicht schlimm, wenn du keine Delphine gesehen hast! Ich habe auch noch keine gesehen. Noch nicht einmal in einem Delphinarium. Es ist also keine Schande. Schreib einfach nur mal, ob es dich noch gibt!

18. August, 11:14h
An: lona.mastroianni@web.de
Betreff: Wo bist du?

Liebe Lona, wir machen uns große Sorgen um dich. Papa hat gerade bei Nonna und Tante Graziella angerufen, die haben gesagt, dass du noch immer nicht zurückgekehrt bist. Wir haben ihnen gesagt, dass du vor zwei Tagen noch auf Alicudi warst, worüber sie sich sehr gewundert haben. Wir versuchen auch ständig, dich auf deinem Handy zu erreichen, aber das ist ausgeschaltet. Und in deinen Blog schreibst du auch nichts mehr. Habt ihr immer noch diese Strompanne? Und wo bist du jetzt überhaupt? Bitte, Lona, melde dich! Küsschen, wir haben dich lieb. Mama und Papa.

18. August, 11:18h
An: lona.mastroianni@web.de
Betreff: Deine Eltern

Lona, ich hab ein ganz merkwürdiges Gefühl. Deine Eltern haben mich gerade angerufen und gefragt, ob ich zufällig mit dir gesprochen hätte. Anscheinend haben sie mit deiner Tante auf Salina telefoniert, und die hat ihnen gesagt, dass sie dich vor zwei Tagen von einem Bootsausflug zurückerwartet haben. Und dass du immer noch nicht zurückgekommen bist. Auch dein Handy ist ausgeschaltet. Wir machen uns alle Sorgen um dich! Bitte melde dich, sobald du das hier liest. Musst auch nichts Tolles schreiben. Einfach nur hallo.

18. August, 20:04h
An: lona.mastroianni@web.de
Betreff: Stromboli

Liebe Lona, bestimmt fragst du dich, woher ich deine Adresse habe. Ich habe im Restaurant danach gefragt. Eine Frau auf hochhackigen Schuhen war sehr aufgeregt, als ich deinen Namen nannte, hat mich am Arm gepackt und geschüttelt und mich mit einem Wortschwall übergossen. Außer dass sie sehr temperamentvoll ist, habe ich aber nicht so recht verstanden, worum es ging. Ein- oder zweimal meine ich das italienische Wort für Hamster gehört zu haben … Nein, kleiner Scherz. Da ich dich jetzt schon seit mehreren Tagen nicht mehr gesehen habe, wollte ich dir sagen, dass ich nun

nach Stromboli weiterfahre. Wenn du Lust hast nachzukommen, hier ist meine Adresse und Mobilnummer.
Viele Grüße
Marc

19. August, 09:53h
An: lona.mastroianni@web.de
Betreff: Polizei

Lona, deine Mutter hat mich gerade angerufen, um mir zu sagen, dass sie jetzt die italienische Polizei eingeschaltet haben. Anscheinend suchen die jetzt mit Booten nach dir! Ich konnte deine Mutter kaum verstehen, so sehr hat sie geweint. Und jetzt sitze ich hier und muss ebenfalls heulen. Lennart versucht mich zu trösten, aber wie soll das gehen? Du bist meine beste Freundin, wir kennen uns seit der ersten Klasse. Ich will nicht wahrhaben, dass etwas passiert sein könnte, ich will nicht glauben, dass du verschwunden bist. Aber warum in aller Welt können wir dich dann nicht mehr erreichen? Der einzige Anhaltspunkt, sagt deine Tante, ist dieser Marc, mit dem du dich getroffen hast. Er war wohl gestern bei ihr im Restaurant, ist aber danach wieder verschwunden. Jetzt suchen sie nach ihm.

19. August, 14:32h
An: lona.mastroianni@web.de
Betreff: Wir beide

Lona, ich kann nicht aufhören, daran zu denken, was mit dir ist. Ich habe so ein Gefühl … Ich würde dir gern sagen, was du mir bedeutest, immer bedeutet hast, und jetzt weiß ich nicht, ob du dies hier jemals lesen wirst. Egal. Ich muss dir etwas gestehen. Ich habe in der sechsten Klasse aus Versehen deine Sporthose mitgehen lassen. Zuerst habe ich es nicht gemerkt. Und später habe ich einen günstigen Zeitpunkt abgewartet, um es dir zu sagen. Aber dieser Zeitpunkt kam einfach nie. Du hast damals Leonie beschuldigt. Und ich habe nie etwas dagegen gesagt. Und dann tut es mir so schrecklich leid, dass ich dich in der siebten Klasse in Mathe nicht habe abschreiben lassen und du dann die Fünf gekriegt hast und fast nicht versetzt worden wärst. Damals hätte ich dich beinahe verloren, und ich wollte dir eigentlich immer sagen, wie gemein das von mir war, wie sehr ich mich dafür verachte! Ich kann es nicht fassen, dass ich damals nur an mich gedacht habe … Ich war ein dreizehnjähriges Egoistenschwein!

---

19. August, 21:13h

Strom! Mein Laptop und ich sind wieder da! Jetzt erst mal Mails checken … Oh, ich sehe, es blinkt schon! Da bin ich ja mal gespannt!

19. August, 21:16h
An: marie.krueger@gmx.de
Betreff: AW: Wir beide

Dreizehn ist für so ein Schwein aber ein biblisches Alter. Mit dreizehn sind die meist schon tot …

19. August, 21:19h
An: jytte@web.de
Betreff: AW: Wo bist du?

Liebe Mama, lieber Papa, es tut mir so leid, dass ihr euch solche Sorgen gemacht habt! War schön, euch eben am Telefon gehört zu haben. Die Einzelheiten meiner Irrfahrt habe ich jetzt im Blog gepostet!
Eure Lona
P.S. Ich liebe euch auch.

19. August, 21:25h
An: marc_bueffel@aol.com
Betreff: AW: Stromboli

Lieber Marc, bitte entschuldige, dass ich mich jetzt erst melde. Ich habe die vergangenen Tage auf Alicudi verbracht und bin jetzt auf Filicudi, wo wir seit heute wieder Strom haben, sodass ich auch endlich meine Mails abrufen kann. Ich erzähle dir die ganze Geschichte, wenn wir uns wiedersehen. Morgen holt mich mein Cousin Giuseppe aus Malfa mit dem Motorboot ab! Das

liparische Fährunternehmen streikt, wie du sicherlich auch bemerkt hast, und ich sitze wie Robin Crusoe auf der einsamen Insel, suche verzweifelt nach einem Freitag und freue mich jetzt darauf, dass der Tag meiner Rettung naht!
Viele Grüße
Deine Lona
P.S. Heißt du wirklich Büffel mit Nachnamen oder ist das ein Insider für deine Homies?
P.P.S. Woher kennst du eigentlich meine E-Mail-Adresse?

19. August, 21:32h
An: lona.mastroianni@web.de
Betreff: Freitag

Liebe Lona, ich heiße nicht Büffel, sondern Nowitzky mit Nachnamen. Warum meine Mail-Adresse so heißt, erzähle ich dir, wenn wir uns wiedersehen. Und auf deine E-Mail-Adresse bin ich zufällig gestoßen, als ich auf der Suche nach Informationen über die Liparischen Inseln auf deinen bezaubernden Blog gestoßen bin. Nun habe ich das Gefühl, dich ein bisschen zu kennen, und dieses Gefühl gefällt mir ganz gut. Ich finde es übrigens sehr schade, dass ich gerade nicht auf Filicudi, sondern auf Lipari festsitze, sonst hätte gern ich die Rolle des Freitag übernommen. Von der Strompanne waren Stromboli, Lipari und Panarea zum Glück nicht betroffen! Du Arme! Halt weiter durch!
Marc
P.S. Ich kenne niemanden auf der Welt, der in einer

E-Mail P.S. schreibt. Diese wunderbar altmodische Art des Briefeschreibens rührt mein Herz!
P.P.S. Und ich kenne erst recht niemanden, der P.P.S. schreibt. Ich glaube, das haben die Menschen schon im 19. Jahrhundert nicht mehr getan.

19. August, 21:35h
An: marc_bueffel@aol.com
Betreff: Herz

Und meines rührt, wie wunderbar altmodisch du dich um die Rolle des Freitag bewirbst! Du bist hiermit eingestellt.
Dein Robinson
P.S. Ich freue mich darauf, dich zu wiederzusehen!
P.P.S. Ich bin eben ein altmodischer Mensch.

19. August, 21:37h
An: lona.mastroianni@web.de
Betreff: AW: Herz

Ich.
P.S. Mich
P.P.S. Auch!!!

20. August, 23:02 h

Buona sera ragazzi! Eure Lipari-Bloggerin meldet sich aus Salina zurück! Sitze gerade bei Antonio, dem besten Granita-Zubereiter von ganz Süditalien, trinke eine Minz-Granita und versuche zu verdauen. Wobei ich mich frage, was schwerer wiegt: die Erlebnisse der letzten Tage. Oder das Fünf-Gänge-Essen von Tante Graziella, das sie mir zu Ehren heute Abend ausgerichtet hat. Ich trage mein Lieblings-T-Shirt, und wer mich kennt, der weiß, dass darauf «Force The Limits!» steht. Eigentlich ist dieser Ausspruch ja als Ermunterung gedacht, Grenzen der Belastbarkeit zu überwinden, oder Grenzen der Wahrnehmung, oder Grenzen, die man sich selbst auferlegt, aber durch Tante Graziellas Nachtisch (ein riesiger, fluffiger Zitronenkuchen) erhält er jetzt eine Bedeutung, die sich wohl eher auf mein Magenvolumen bezieht. Vor mir liegt schwarz glänzend das Meer, am Nebentisch regt sich fuchtelnd eine Gruppe von italienischen Urlaubern über den Streik der Fährschiffer auf, und ich bin einfach nur froh, wieder zu Hause zu sein. Dass ich Salina derart heimatliche Gefühle entgegenbringe, erstaunt mich selbst. Es kommt mir vor, als wäre ich nicht sechs Tage, sondern sechs Monate fort gewesen. Filicudi ist übrigens ein Mekka für Archäologen und Fans von Kaisertöchtern. Die Archäologen können dort steinerne Rundhütten aus der Bronzezeit bewundern, die Fans von Kaisertöchtern hingegen huldigen Julia, die auf der Insel chillen musste, nachdem ihr Privatleben in Rom allzu ausschweifend geraten ist. Ihr Papa Augustus, römischer Kaiser mit Hang zu moralinsauren Verordnungen, fand Julias Partyleben nur mäßig mitreißend, folglich verbannte er sie. Mein eigenes Partyleben auf Filicudi gipfelte in einem Zusammentreffen mit den örtlichen Carabinieri und dem Vergleich meines Passbildes mit einer Art Fahndungsfoto, das meine besorgten Eltern an sämtliche liparischen Dienstwachen geschickt hatten. Und dem anschließenden Abtransport. Ich hielt die ganze Sache zunächst für ein verteufeltes Versehen und beteuerte meine vom Terrorismus gänzlich unbefleckte Unschuld, bis ich begriff, dass mir keine Festnahme drohte, sondern lediglich die Meldung nach Hause, dass das verschwundene Kind wiedergefunden worden sei. Ja, Mama, ich werde das alles verstehen, wenn ich eines Tages selber Kinder habe, so lange schüttele ich nur ungläubig den Kopf. Nein, ich weiß, dass ihr es gut gemeint habt. Und ja, es ist schon okay.

Während meiner Abwesenheit hat sich übrigens ein handfester Familienkrach hier auf Salina entwickelt. Auf der Terrasse des Ristorante gibt es jetzt nämlich ein Wespennest. Irgendeine Wespenkönigin mit sportlichen Ambitionen hat den Weg über das Meer bis zu den Liparischen Inseln geschafft. Kurzum: Die Wespen sirren unentwegt über die Köpfe der Essenden hinweg, und beim Verzehr eines Sorbet-Desserts ist es dann passiert: Einer der Restaurant-Gäste ist gestochen worden und hat einen allergischen Schock erlitten. Aus Malfa musste ein Arzt gerufen werden, um den Verwundeten zu pflegen. Und Cousine Antonella hat erklärt, dass sie eine Gefahrenzulage bräuchte, um auf dem wespeninfizierten Gelände weiterarbeiten zu können. Und dann hat Tante Graziella den Staubsauger geholt. Was wiederum Giuseppe, den Tierschützer, auf den Plan gerufen hat. Wie sie es mit ihrem Gewissen vereinbaren könne, diese armen kleinen Wesen zu Hunderten dahinzumorden, hat er von ihr wissen wollen. Woraufhin sie ihm entgegnet hat, man müsse eben Prioritäten setzen, und sie mache ihr Essen für diejenigen, die ihre Kochkünste auch bezahlten, und das täten die Wespen nicht. Giuseppe, der Tierschützer, hat Tante Graziella daraufhin vorgeworfen, sie sei eine Turbokapitalistin. Tante Graziella hat Guiseppe dann ein bisschen mitleidig angesehen und ihn gefragt, ob er all die Jahre unterm Stein gelebt habe und wie es angehen könne, dass er sich so gründlich in der Einschätzung ihres Berufs vertan habe, sie sei Köchin und Pensionswirtin und jetzt Ende der Diskussion. Großvater hat daraufhin angeordnet, dass Tante Graziella nicht so mit dem Staubsauger herumfuchteln solle, am Ende täte sie noch jemandem weh. Und dann hat er den Familienrat einberufen. Wir tagen morgen in aller Frühe.

20. August, 23:08h
An: marie.krueger@gmx.de
Betreff: Geheimnisvolle Männer

Meine Süße, eines muss ich dir noch rasch erzählen: Ich habe Post von Marc bekommen! Er möchte, dass wir uns wiedersehen … Aber ich weiß nicht, was das bedeutet.

Ich weiß so wenig über ihn. Eigentlich gar nichts. Ist es normal, sich in einen Menschen zu verlieben, über den man nichts weiß? Nur in sein Lächeln und seine Art zu reden? Ich habe in den vergangenen Tagen und Nächten unentwegt über ihn nachgedacht …

21. August, 01:05h
An: marie.krueger@gmx.de
Betreff: Geheimnisvolle Freundinnen

Schläfst du schon? Oder vergnügst du dich mit diesem einbeinigen Banditen, der dir offensichtlich Herz *und* Zeit raubt? Ich muss schon sagen! Es ist ja ganz schön, wenn einem keiner widerspricht, aber wenn einem nicht mal jemand antwortet, hört der Spaß auf. Mir geht es übrigens gar nicht gut. Es ist kochend heiß hier in meinem Dachzimmer, und ich muss das Fenster geschlossen halten. Ich schlafe nämlich direkt unter dem Wespennest.

21. August, 11:37h
An: lona.mastroianni@web.de
Betreff: AW: Geheimnisvolle Freundinnen

Guten Morgen meine Lieblingsvagabundin! Ich hoffe, du hast die Nacht gut überstanden. Wespenangst bei gleichzeitigem Entzug von Sauerstoff soll der Entspannung ja nicht gerade förderlich sein, habe ich mir sagen lassen. Übrigens habe ich gute Neuigkeiten:

Mein Gips kommt überübermorgen ab! Im Anschluss daran brauche ich ein bisschen Gehtraining. Und eine weite Hose, die den Unterschied zwischen dickem und gesundem linkem Bein und dünnem Rechten kaschiert. Aber dann wird alles wieder gut! Und ich kann endlich zu dir kommen!
Und ja, ich glaube, dass man sich in einen Menschen verlieben kann, über den man nichts weiß. In Lennart habe ich mich ja auch verliebt, als ich nur von ihm wusste, dass er ein kaputtes Bein hat. Ich glaube sogar, dass es der Sache sehr dienlich ist, wenn einem der andere noch weitgehend unbekannt ist. So ist die Fläche viel größer, auf die wir unsere Wünsche und Träume projizieren. Und nur mit diesem anfänglichen Gefühl – diesem überschwänglichen Bewusstsein, dass noch alles möglich ist, dass wir es mit etwas Außergewöhnlichem zu tun haben, der Liebe unseres Lebens mindestens – ist es möglich, die nachfolgende Zeit zu überstehen, wenn wir feststellen, dass der andere vielleicht doch nicht so perfekt ist, dass er auch mal ungehalten oder langweilig sein kann. Dein Marc klingt nicht nur geheimnisvoll, ich habe auch den Eindruck, dass er klug, witzig und ungewöhnlich ist. Schreib mir bitte von eurem nächsten Treffen in allen Details!!!
Deine Marie

21. August, 22:18h
An: marie.krueger@gmx.de
Betreff: RE: AW: Geheimnisvolle Freundinnen

Liebste Marie, du bist es doch wirklich, oder? So philosophisch habe ich dich ja noch nie erlebt!

21. August, 22:27h
An: lona.mastroianni@web.de
Betreff: RE: RE: AW: Geheimnisvolle Freundinnen

Ich habe in den vergangenen zwei Monaten viel Zeit gehabt, über das Leben nachzudenken. Ohne beste Freundin und heiles Bein war es still und langweilig hier!

21. August, 22:35h
An: marie.krueger@gmx.de
Betreff: RE: RE: RE: AW: Geheimnisvolle Freundinnen

Nein im Ernst, was du geschrieben hast, hat mir sehr geholfen! Und ich freue mich unendlich darauf, dich bald wiederzusehen!

21. August, 23:08 h

Ein aufregender Tag geht zu Ende. Ich sitze auf der Terrasse unseres Ristorante und trinke zur Abwechslung mal keine Granita, denn die ist süß und lockt die Wespen an. Ich trinke einfach nur Wasser und hoffe, dass die Wespen von ihren zahlreichen Aktivitäten heute so müde geworden sind, dass sie mich in Ruhe lassen. Ich bin jetzt seit achtzehn Stunden auf den Beinen, gleichzeitig aber so aufgedreht, dass an Schlafen nicht zu denken ist. Und das kommt so:

Der Tag begann damit, dass eine knochige Hand an meiner Schulter rüttelte. «Aufstehen, piccolina!», brüllte mir Großvater ins Ohr. Ein Blick auf den Wecker zeigte mir, dass es fünf Uhr dreißig ist.

«Lass uns diese Szene nochmal in vier Stunden proben, ja?», versuchte ich meinen Großvater schlaftrunken loszuwerden, aber er bestand darauf, dass es *jetzt* sein müsse, und zwar *subito*, denn später sei es für die Tagung des Familienrats zu heiß. Ich fragte mich, ob ich ein Déjà-vu habe oder einfach nur schlecht träume. Da Großvater sich auch bei dem Versuch, ihn fortzuwedeln, nicht in Luft auflöste, tippte ich auf Déjà-vu. «Wir wollen nicht zufällig eine Vulkanwanderung machen?», fragte ich vorsichtig.

Großvater starrte mich an, als sei ich nicht mehr ganz dicht. Dann befahl er mir, in fünf Minuten unten bei den anderen zu sein. Es roch nach Espresso, und aus der Küche tönte Geschirrklappern. Tante Graziella war also auch schon auf.

Das Frühstück nehmen wir dann drinnen ein. Großvater ist der Meinung, dass die Gäste uns nicht beim Essen zusehen dürften. Mein gemurmelter Einwand, dass um diese Uhrzeit sowieso noch kein normaler Mensch auf ist, beantwortet er mit einem Stirnrunzeln. Er ist der Meinung, dass mehr als vier Stunden Schlaf pro Nacht reine Zeitverschwendung ist, und er hat nichts übrig für Weicheier wie mich, die gerne sieben Stunden lang schlafen oder sogar verwegene acht. Den einzigen Vorteil bei Großvaters Vorhaben, den Familienrat schon um diese Zeit stattfinden zu lassen, sehe ich darin, dass wir alle zu müde sind für Streit. Tierschutz-Giuseppe berichtet, dass die *autorità ambientale*, also die italienische Umweltbehörde, Männer beschäftigt, die Wespennester wespenfreundlich und wespisch korrekt umsiedeln. Er unterstreicht seine Worte, indem er mit seinem Marmeladenbrot fuchtelt, was ein Fehler ist, denn schon fliegt einer unserer gelbschwarzen Quälgeister zum offenen Fenster herein. Tante Graziella weist auf das Corpus Delicti und ruft: «Ecco guarda la vespa!! Dass die dich überhaupt nicht stört!!!»

«Nein, das tut sie ganz und gar nicht», erwidert Giuseppe und will in sein Marmeladenbrot beißen, aber Großvater gelingt es, ihm das Brot in letzter Sekunde zu entreißen. Die Wespe saß drauf.

«Mamma mia, fast wärst du gestorben!», jammert Tante Graziella. «Und was hätte ich dann deiner Mutter, meiner armen Schwester, gesagt, eh?!»

«Aber Tante, man stirbt doch nicht von einem Wespenstich!», lächelt Giuseppe, aber ich bemerke, wie er das Brot, das von der Wespe weiterhin umschwirrt wird, unauffällig verschwinden lässt.

Es folgt die Abstimmung. Tierschutz-Giuseppe, Onkel Lorenzo und zu meiner Überraschung auch Großvater sind dafür, der *autorità ambientale* eine Chance zu geben. Tante Graziella, der andere Giuseppe und ich sind dafür, die Wespen zu vernichten, wobei uns die Todesart (Staubsauger, Feuer, Vergiftung) gleichgültig ist.

«Damit ist es entschieden», erklärt Großvater und steht auf, wobei er sich zufrieden die Hände reibt.

«Aber es steht doch unentschieden!», wende ich ein.

Tante Graziella schüttelt resigniert den Kopf, während ihr Mann, mein Onkel Lorenzo, grinst.

«Drei Männer gegen einen», erklärt Großvater.

«Und zwei Frauen!», füge ich an.

«Eben!» Großvater lächelt wieder sein listiges Lächeln.

Der andere Giuseppe steht ohne ein Wort auf und macht sich in der Küche an die Arbeit.

Ich kreuze die Arme vor der Brust und sehe meine Tante an. «Wir sollten streiken!», sage ich. «Was die Fährschiffer können, können wir auch.»

Tante Graziellas Augen leuchten. *«Piccolina!»*, sagt sie. «Das ist eine hervorragende Idee!»

«Das meint ihr nicht ernst», sagt Onkel Lorenzo hastig.

«Doch», bestätigt Tante Graziella. «Das tun wir.» Und sie steht auf, streckt sich und gähnt. «Also, ich gehe noch eine Runde schlafen», sagt sie. «Lona, wie steht es mit dir?»

«Perfekter Plan!» Ich strahle sie an. «Und dann machen wir uns einen schönen Tag!»

«Nichts da!» Großvater versperrt uns den Weg. «Ihr zwei geht jetzt schön an die Arbeit! Graziella! Ich befehle es dir!»

Tante Graziella schiebt Großvater einfach beiseite. «Wozu sollte ich denn arbeiten?», fragt sie. «Ich zähle doch gar nicht. Bin doch bloß eine Frau!»

«So habe ich das nicht gemeint», versucht Großvater seinen Ausspruch von eben zu rechtfertigen. «Du arbeitest sehr gut, Graziella. Niemand arbeitet so gut wie du! Aber bei Abstimmungen setzen sich nun mal die Männer in der Familie durch! Das war schon immer so!»

«Ja, und von jetzt an wird das anders», sagt Tante Graziella mit einer Coolness, die ich ihr nicht im Entferntesten zugetraut hätte.

Natürlich gibt sich Großvater damit nicht zufrieden. Er hämmert gegen Tante Graziellas Schlafzimmertür, dass es im ganzen Haus vibriert, muss aber irgendwann damit aufhören. Erstens, weil sich die Gäste über den Lärm beschweren. Und zweitens, weil Tante Graziella sich von dem Geklopfe vollkommen unbeeindruckt zeigt. Später, als sie mit zerknautschtem Gesicht zu mir an den Badefelsen kommt, frage ich sie, wie sie das Kunststück Schlafen zustande gebracht hat, und sie erklärt, dass sie einfach nur das getan hat, was sie sonst auch immer tut, weil Onkel Lorenzo so laut schnarcht: Sie schläft mit einem Kopfkissen auf den Ohren. Überhaupt ist Tante Graziella heute vollkommen anders als sonst. Wir erzählen uns unsere Lieblings-Familienanekdoten und schütten uns aus vor Lachen. Nur schwimmen will sie nicht mit mir. Schwimmen, erklärt sie, sei nicht so ihr Ding. Zwischendurch beobachten wir die Fortschritte bei der Wespenbekämpfung. Wir hören, wie Cousine Antonella einen hysterischen Anfall erleidet, weil die Wespen sie überallhin verfolgen. Und wir erfahren durch unseren Spion (Giuseppe, der gemeinsam mit uns dafür abgestimmt hat, dass die Wespen gekillt werden), dass die Umweltbehörde in der Tat einen Mann beschäftigt, der Wespennester umsiedelt, aber der ist auf dem sizilianischen Festland aktiv, weil es für ihn auf den Inseln zu wenig Arbeit gibt, und er kann leider erst zu uns kommen, wenn die Fährschiffer ihren Streik beendet haben.

«Wäre Antonella doch heute mit uns zusammen aufgestanden, dann hätte sie auch mit abstimmen können!», sage ich. Doch Tante Graziella erklärt mit hochgezogener Augenbraue, dass das auch nichts genutzt hätte, schließlich sei Antonella ja ebenfalls eine Frau.

Später am Nachmittag, als die Gäste von der Terrasse verschwunden sind, beobachten wir Onkel Lorenzo im Imkeranzug. Den muss er sich von Salvatore geliehen haben, berichtet Tante Graziella, der oben beim Vulkan eine kleine Bienenzucht betreibt. Angefeuert von Großvater und Tierschutz-Giuseppe versucht er, das Wespennest von der Hausmauer zu entfernen. Ein Unternehmen, das nur von mäßigem Erfolg gekrönt ist, denn die Wespen schwärmen augenblicklich aus. Großvater und Tierschutz-Giuseppe bringen sich drinnen in Sicherheit, während Onkel Lorenzos weißer Anzug in der ihn umgebenden Fülle von schwarz-gelben Flugkörpern nicht mehr zu erkennen ist. Ich sehe, wie Tante Graziella zwischen Mitleid und irrem Gelächter hin- und hergerissen ist. «Spätestens jetzt wissen die Männer, dass *wir* recht hatten», erklärt sie befriedigt.

«Das heißt, wir rücken jetzt mit der Giftspritze an?», frage ich.

Tante Graziella schüttelt den Kopf. «Wo denkst du hin, *piccolina*? Dafür sind die Männer viel zu stolz. Sie werden jetzt erst recht ihre Position verteidigen!»

Antonella kommt zu uns herüber und fleht uns an, wieder arbeiten zu gehen, sie könne das unmöglich alleine schaffen. Woraufhin Tante Graziella sie mit einem langen Wortschwall im Inseldialekt überschüttet, aus dem ich einzig das Wort *Streikbrecherin* heraushören kann. Antonella erwidert etwas, das ebenso wütend klingt, und zieht wieder ab.

Nicht die beste Stimmung also im Hause Mastroianni, aber morgen ist ja auch noch ein Tag. Der auch deshalb interessant zu werden verspricht, weil Antonio, unser weltbester Granita-Zubereiter, mich dem Sohn eines sehr guten Freundes vorstellen will, der morgen mit dem Fährschiff aus Neapel hier eintreffen wird, um ihm in der Bar zur Hand zu gehen. Die großen Fährschiffe, die über Nacht von Neapel aus über das Tyrrhenische Meer reisen, sind derzeit die einzigen Schiffe, die hier noch verkehren. Ich habe die Befürchtung, dass Antonio mich verkuppeln will. Na dann: Gute Nacht!

22. August, 10:03h
An: marc_bueffel@aol.com
Betreff: Freitag

Robinson Crusoe zählt die Tage. Ich will jetzt endlich rüber nach Lipari! Zumal ich im Moment ja auch nicht arbeiten muss …

22. August, 11:42h
An: lona.mastroianni@web.de
Betreff: AW: Freitag

Natürlich. Ich habe gelesen, dass du dich den Inselgewohnheiten angepasst hast und jetzt ebenfalls in den Streik getreten bist.

22. August, 11:58h
An: marc_bueffel@aol.com
Betreff: RE: AW: Freitag

So ist es – einer feministischen Revolution im 21. Jahrhundert sei Dank! Wohin willst du denn, wenn der Streik beendet ist? Hast du Lust, dass ich dich auf Lipari besuche? Oder möchtest du zurück nach Salina kommen? Ich könnte dich bei uns zum Essen einladen. Neben Hamster haben wir noch ein paar hervorragende andere Dinge auf dem Speiseplan stehen!

22. August, 21:57h
An: marie.krueger@gmx.de
Betreff: kein Betreff

Liebe Marie, ich glaube, das war es jetzt mit Marc. Ich weiß zwar nicht, was in den Tagen passiert ist, in denen wir nichts voneinander gehört haben, aber es kann nichts Gutes gewesen sein. Zumindest nichts Gutes für mich. Er klang so begeistert in seinen ersten Mails, und ich hatte wirklich das Gefühl, dass er mich unbedingt wiedersehen will! Ob er in der Zwischenzeit jemand anderen kennengelernt hat? Er sitzt ja nun schon seit über einer Woche auf Lipari fest. Oder meinst du, es könnte ihn abgeschreckt haben, dass ich in meinem Blog von diesem Roberto aus Neapel berichtet habe, mit dem Antonio, unser Barmann hier, mich verkuppeln will? Jedenfalls hat er mir nur eine ziemlich kühl klingende Mail geschickt, als ich ihm heute geschrieben habe, und danach kam überhaupt nichts mehr …
Und was diesen Roberto anbelangt, das ist vielleicht eine Nummer! Mehr darüber gleich im Blog …

22. August, 22:29h

Liebe Wählerinnen und Wähler, es ist Zeit, mal wieder an die Urnen zu gehen. Hier kommt ein Voting für euch:

Ich habe einen echten Mafioso kenngelernt, der sich nach verbüßter Haftstrafe ehrenamtlich für das Gemein-

wohl engagiert (Tierschutz). Er wird in den kommenden Wochen im Zimmer neben mir wohnen. Was soll ich jetzt tun?

☐ Ihm Giuseppe, den Wespenfreund, vorstellen. Gleich und gleich gesellt sich gern.

☐ Macht euch doch mal einen schönen Videoabend mit Martin-Scorsese-Filmen! Vor allem die Szenen, in denen Abtrünnigen die Kniescheiben zerschmettert werden, sind immer wieder eindrucksvoll.

☐ Knieschützer auftreiben?

☐ Roberto Savianos Bestseller über die Camorra und ihre mörderischen Methoden lesen. Da habt ihr genügend Gesprächsstoff, und es kommt garantiert keine Langeweile auf.

Guten Abend, alle miteinander! Ich sitze auf der Terrasse und genieße das wespenfreie Leben. Vor einer Stunde hat der Spuk nämlich ein Ende gefunden. Das lag vor allem daran, dass Tante Graziella sich so gelangweilt hat. Nach ihrem zweiten Streiktag und einem neuerlichen Badeausflug im Kreis ihrer Pensionsgäste und mir hat sie gesagt, dass sie das Dolcefarniente nicht mehr aushält und endlich wieder zurück an die Arbeit will. Am Abend dann, als alle aus dem Restaurant gegessen hatten, hat sie zum Staubsauger gegriffen, ist mit ihren High Heels auf einen Hocker geklettert und hat das Nest aufgesaugt. Großvater und Onkel Lorenzo haben zwar protestiert, aber es klang irgendwie unecht. Ich glaube, sie waren ziemlich froh darüber, dass Tante Graziella sich endlich durchgesetzt hat. Außerdem waren sie natürlich extrem froh über ihre Ankündigung, den Streik jetzt niederzulegen und morgen wieder zur Arbeit zurückzukehren. Anschließend haben wir alle mit einem Gläschen darauf angestoßen. Nur Tierschutz-Giuseppe stand daneben und hat geschmollt. Er ist nach wie vor der Meinung, dass wir auf den Wespennest-Umsiedler aus Palermo hätten warten sollen. Und er wollte wissen, ob wir uns die Qualen vorstellen können, die die Wespen jetzt im Staubsaugerbeutel von Tante Graziella ertragen müssen.

«Ja», hat Tante Graziella geantwortet. «Und wenn sie nur in etwa den Schmerzen ähneln, die unser Gast in der Notaufnahme nach dem Wespenstich erleiden musste, dann hat sich die ganze Aktion schon gelohnt.»

Tante Graziella und ich sind noch zu Antonio hinübergegangen, um darauf anzustoßen, dass die Familie Mastroianni auf Salina zumindest zwei nette und vernünftige Mitglieder verzeichnen kann, nämlich uns. Den Sohn von Antonios Kumpel hatte ich zu diesem Zeitpunkt schon vergessen. Aber dafür Antonio mich nicht.

«Das ist Roberto!», strahlt er mich an und schiebt einen muskelbepackten und über beide Arme tätowierten Kerl auf mich zu. Roberto lächelt mich mit einer Schüchternheit an, die in krassem Gegensatz zu seinem Äußeren steht.

«Ciao Roberto», sage ich, woraufhin Tante Graziella hastig ihr Glas leert, aufsteht und sich verabschiedet.

«Morgen müssen wir ja wieder früh aufstehen», erklärt sie mit einem, wie mir scheint, etwas übertriebenen Gähnen. «Und es ist ja schon sooo spät!»

Und so befinde ich mich plötzlich mit Roberto allein am Tisch.

«Darf ich euch etwas zu trinken bringen?», strahlt Antonio.

Ich versuche ebenfalls aufzustehen. «Nein, danke, für mich nichts mehr, Antonio. Ich muss ja morgen auch wieder früh raus.»

Doch Antonio reißt seine Augen auf und jammert. «Dio mio, ich wusste es, dir gefallen meine Granite überhaupt nicht! Ich glaube, du magst meine ganze Bar nicht! Stimmt doch, Roberto, das hatte ich befürchtet! Habe es dir vorhin noch gesagt! Signorina Lona kommt eigentlich überhaupt nicht mehr zu uns, zwischendurch war sie sogar eine ganze Woche weg!»

Ich versuche, Antonio zum hundertsten Mal zu erklären, dass ich auf den Nachbarinseln festgehalten wurde, was meeresbiologisch unbeleckten Hippies und streikenden Fährschiffern geschuldet war.

«Eh?», fragt Roberto und kneift die Augen zusammen.

«Du musst ihm das genauer erklären, Lona», rügt mich Antonio. «So versteht Roberto das nicht.» Und dann beugt er sich vor, um mir lautstark ins Ohr zu flüstern, dass Roberto vor ein paar Jahren einen heftigen Schlag auf den Kopf erhalten habe und seitdem nicht mehr ganz so geschwind im Kapieren sei. Ich blicke zu Roberto hinüber, der in sein Glas schaut, als sehe er es zum ersten Mal. «Und was willst du jetzt trinken, Lona?», fragt Antonio dann wieder laut.

«Eine Granita», seufze ich.

Roberto ist erstaunlich offenherzig. Nachdem wir

die notwendigen ersten Informationen über Geburtsort, Lieblingsmusik und die Schönheit der Liparischen Inseln ausgetauscht haben, berichtet er mir von seiner mafiösen Vergangenheit.

Als er sieht, wie ich etwas unruhig auf meinem Stuhl hin und her rutsche, macht er eine beruhigende Bewegung mit der Hand. «Ist jetzt alles vorbei», erklärt er langsam und freundlich. «Ich arbeite jetzt in der Tourismusbranche.»

Was er da denn mache, erkundige ich mich höflich und denke dabei neidisch an Tante Graziella, die sich vermutlich gerade in ihre Laken kuschelt und sich dabei das Kopfkissen aufs Ohr quetscht.

«Ich führe die Touristen durch die Gegend, in der ich aufgewachsen bin. Kennst du das Spanische Viertel?»

Das muss ich verneinen.

«Das ist kein Viertel, in das Touristen gehen sollten», erklärt Roberto. «Tun sie aber trotzdem immer.» Er hebt die Schultern. «Ist ziemlich dumm.»

Ich versuche, interessiert auszusehen, bringe gleichzeitig aber meine Granita voran.

«Nicht so dumm aber, wenn Roberto dabei ist.» Mein Gegenüber klopft sich auf die breite, von schwarzen Haaren bedeckte Brust. Er trägt ein Hemd, das drei Knöpfe weit offensteht. Eine goldene Kette mit einem Kreuz daran hängt ihm um den Hals.

«Und warum ist das so?», frage ich in dem Bemühen, meine Ungeduld zu verbergen.

«Weil ich jeden im Spanischen Viertel kenne», antwortet Roberto nach einigem Nachdenken. «Jeden Menschen und jedes Haus. Wenn ich sehe, wie einer kommt, um meine Touristen auszurauben, stelle ich mich dazwischen und sage nein.»

«Klingt gut», sage ich schwach.

«Das ist auch gut», sagt Roberto. «Sehr gut sogar! Ich bin jetzt ehrlich geworden. Mache eine bezahlte Arbeit, kümmere mich um streunende Tiere und suche eine Frau.»

Ich verschlucke mich an meiner Granita.

«Na, dabei wünsche ich dir viel Glück», sage ich eilig. «Ich gehe jetzt schlafen. Vielleicht laufen wir uns ja mal wieder über den Weg.»

Ich glaube, ich muss mit Antonio ein ernstes Wort reden. Oder ich überlasse das Onkel Lorenzo und Großvater. Die sind ja, ihrem eigenen Bekunden zufolge, schließlich die Autorität im Haus.

22. August, 22:42h
An: lona.mastroianni@web.de
Betreff: RE: RE: AW: Freitag

Hallo Lona, wir können über den Ort ja nochmal sprechen, wenn der Fährschiffer-Streik beendet ist. Euren habt ihr ja gewonnen, wie ich deinem Blog entnehmen konnte! Momentan fühle ich mich auf Lipari sehr wohl. Hab hier ein paar nette Leute kennengelernt. Also melde dich. Ciao.

22. August, 23:07h
An: lona.mastroianni@web.de
Betreff: AW: Kein Betreff

Hallo meine Süße, deine Blog-Einträge klingen so munter und gut gelaunt, aber ich kenne dich ja ein bisschen und ahne, dass es dahinter anders aussieht. Also, auf diesen Roberto kann dein Marc mit Sicherheit nicht eifersüchtig sein, so wie du den dargestellt hast. Ist er wirklich so schlimm, oder hast du übertrieben – um Marc in Sicherheit zu wähnen? Ich habe übrigens für die Knieschützer votiert!
Hier in Hamburg ist alles munter, Lennart und ich sind viel im Kino und auf der Parkbank, wo man halt all diese Dinge tun kann, die im Sitzen gut funktionieren. (Nein, nicht, was *du* jetzt denkst mit deiner schmutzigen Phantasie …) Unseren Beinen geht es von Tag zu Tag besser. Wir haben hier eine Hitzewelle, und der Gips juckt leider wie Hölle. Aber: Guess what? Nur noch einmal schlafen! Einmal noch mit Gipsbein die Treppe runterhumpeln! Einmal nur noch den Behindertenplatz im Bus für mich beanspruchen! Denn morgen früh geht es zum Orthopäden! Und dann heißt es: Gips ade!

---

23. August, 15:07h

Die liparischen Fährschiffer haben endlich ein Einsehen, Mitleid mit uns Robinson Crusoes oder schlichtweg die Schnauze vom Nichtstun voll gehabt (so wie

Tante Graziella) und ihren Streik beendet! Juhu, freie Inselauswahl! Das könnte so schön sein – wäre da nicht die Arbeit. Ich darf mir nämlich nicht freinehmen, weil Großvater meint, ich hätte in diesem Sommer schon genügend freie Tage für ein ganzes Leben gehabt! Mein Argument, dass ich sechs Tage davon gegen meinen Willen auf fremden Inseln festgehalten wurde und dies alles anderes als erholsam war und dass ich die zwei anderen Tage im Wespenstreik war, ließ er nicht gelten. Ob ich vielleicht Mafia-Roberto meine Schicht verkaufen kann? Er steht ja eh hinter der Spüle, da kann ihn doch keiner sehen …

23. August, 15:32h
An: marie.krueger@gmx.de
Betreff: Behindertenfreundliches Sitzen

Ja, das stelle ich mir alles ganz schnuckelig vor, was ihr zwei Turteltäubchen so unternehmt. Aber seid ihr nicht noch ein bisschen jung dafür? Auf den Sitzplatz im Bus beharren und auf Parkbänken herumsitzen, war in meinen Augen bislang eher die Option für die Generation Rentenempfänger. Aber Hauptsache, ihr habt euren Spaß dabei! So meine Süße, wenn du das hier liest, ist dein Gips ab! Und das heißt: Der gemeinsame Italienurlaub mit meiner Lieblingsfreundin steht vor der Tür! Hast du schon einen Termin im Auge? Auf jeden Fall können wir uns das Zimmer hier teilen, ich habe schon alles mit Tante Graziella besprochen und natürlich auch mit den männlichen Autoritäten vor Ort, sie sind alle be-

geistert von der Idee, dass noch so eine Halbverhungerte aus dem hohen Norden zu ihnen stößt! Also, nicht zu viel essen ab jetzt, sonst enttäuschst du sie noch!
Was deine Mutmaßungen anbelangt, hast du natürlich recht. Ich bin wirklich ein bisschen verstimmt. Hatte mich so auf ein Wiedersehen mit Marc gefreut! Und jetzt schreibt er so distanziert! Habe gestern Nacht noch eine Mail von ihm erhalten, die meine ärgsten Vermutungen bestätigt: Er hat jemanden kennengelernt. Was soll ich deiner Meinung nach nun tun?

23. August, 18:12h
An: lona.mastroianni@web.de
Betreff: AW: Behindertenfreundliches Sitzen

Schreib ihm einfach genauso distanziert zurück. Er soll sich bloß nicht einbilden, dass du ihm hinterherläufst!

23. August, 22:52h
An: marc_bueffel@aol.com
Betreff: Treffen

Ciao Marc, Lipari klingt cool, da war ich noch nicht. Im Moment passt es mir aber nicht so gut. Nächste Woche vielleicht. Man sieht sich. L.

23. August, 23:06h
An: marie.krueger@gmx.de
Betreff: Behindertes Schreiben

O Mann, Süße, ich bin echt nicht so für die kalte Nummer geeignet! Wenn mir jemand egal ist, unterhalte ich mich überhaupt nicht mit ihm. Und wenn ich jemanden gern mag, schreibe ich wohl immer ziemlich begeistert. Dieses uninteressierte Mittelding habe ich einfach nicht drauf! Habe Marc jetzt eine so distanzierte Mail geschickt, dass er vermutlich denkt, ich bin gerade auf dem Mond. Aber du hast mir meine Fragen vorhin überhaupt nicht beantwortet. Hast du schon gebucht? Kommst du mit dem Zug oder mit dem Flugzeug? Du kannst entweder nach Neapel fahren oder nach Palermo. Nur die Fähren auf die Inseln sind andere. Komm schnell, bevor wieder irgendjemand streikt! Sitze übrigens gerade auf unserer Terrasse draußen, obwohl ich viel lieber zu Antonio rübergehen würde, um mich ein bisschen bedienen zu lassen, aber da wartet schon Roberto auf mich. Vermutlich feilt er gerade an seinem Antrag. Giuseppe (der aus Malfa) meinte, er hätte ihn heute beim Juwelier herumstöbern gesehen …

23. August, 23:18h
An: lona.mastroianni@web.de
Betreff: AW: Treffen

Hallo Lona, schade, dass du nicht früher kommen kannst. Bin auch nicht mehr lange hier, muss demnächst wieder zurück, meine Uni fängt bald wieder an.
Grüße Marc

23. August, 23:22h
An: lona.mastroianni@web.de
Betreff: AW: Behindertes Schreiben

Süße, ich habe noch keinen Reisetermin. Ich würde Lennart nur ungern hier allein lassen in Hamburg, so lange er noch sein Gipsbein hat. Nein, das ist nicht ganz richtig. In meiner Brust schlagen zwei Herzen. Einerseits würde ich für mein Leben gern jetzt mit dir auf den Inseln abhängen, deine italienische Verwandtschaft kennenlernen, auf diverse Vulkane kraxeln und abends beim süditalienbesten Granita-Zubereiter über Ex-Mafiosi aus Neapel ablästern, aber auf der anderen Seite bin ich verliebt. Zum ersten Mal in meinem Leben. So richtig doll. Das heißt aber nicht, dass ich gar nicht mehr komme. Ich brauche einfach nur noch ein bisschen Zeit hier mit Lennart. Kannst du das verstehen?
Ich umarme dich.
Deine Marie

23. August, 23:25h
An: marc_bueffel@aol.com
Betreff: RE: AW: Treffen

Hallo Marc, schade, dass du schon wieder abreisen musst! Fliegst du nach New York zurück? Und was studierst du da eigentlich? Wenn ich über dich nachdenke, fällt mir auf, wie wenig ich über dich weiß. In drei Tagen könnte ich auf Lipari sein. Wo wollen wir uns treffen? Lona

23. August, 23:37h
An: marie.krueger@gmx.de
Betreff: Herzenszweikampf

Ich muss sagen, dass ich schon etwas enttäuscht bin, Marie. Alles andere wäre gelogen. Wir haben diese Reise so lange geplant, haben davon geträumt, im Juli zusammen für ein Jahr um die Welt zu starten, haben uns vorgestellt, wie wir allen Widrigkeiten gemeinsam begegnen, wie wir uns gegenseitig helfen, wenn eine von uns mal krank wird oder ohne Geld dasteht. Dass du dir das Bein gebrochen hast, war Pech, Schicksal, höhere Macht. Dagegen konnten wir nichts machen. Aber dass du es jetzt vorziehst, dich in einer Beziehung einzurichten und zu Hause zu bleiben, dass du unsere Pläne einfach so über den Haufen wirfst, nein, das kann ich nicht verstehen. Aber ich muss deinen Herzenszweikampf wohl hinnehmen. Etwas anderes bleibt mir ja auch gar nicht übrig. Schlaf gut. L.

23. August, 23:43h
An: lona.mastroianni@web.de
Betreff: RE: RE: AW: Treffen

Liebe Lona, ich finde es auch sehr schade, dass meine Zeit hier bald schon zu Ende geht. Toll, dass du kommst! Ich freue mich auf dich! Schreib mir kurz, mit welcher Fähre du ankommst. Dann hole ich dich ab! Marc

23. August, 23:51h
An: marc_bueffel@aol.com
Betreff: RE: RE: RE: AW: Treffen

Falls die Siremar-Fährschiffer bis dahin noch mit ihren Arbeitsbedingungen zufrieden sind, legt die Fähre um 09:40h am Hafen von Lipari-Stadt an. Ich freue mich auch!!!

---

23. August, 23:53h

Marie: Du bist noch online?
Lona: Wie du siehst.
Marie: Mist, du bist ja wirklich angefasst!
Lona: Nein, nein, tut mir leid, ich wollte nicht beleidigt klingen, bin nur in Gedanken. Hab gerade eine Mail von Marc gekriegt, die schon wieder völlig anders klingt.
Marie: Wie denn?
Lona: So freundlich. Fast schon begeistert irgendwie.

Ich glaube, auch in seiner Brust schlagen zwei Herzen. Diese Persönlichkeitsspaltungen scheinen momentan sehr en vogue zu sein.

Marie: Süße, es tut mir wirklich leid, was ich da vorhin geschrieben habe. Du hast ja recht. Wir haben dieses Jahr zusammen geplant. Wir haben uns beide darauf gefreut. Und jetzt mache ich alles kaputt.

Lona: Nein, das tust du nicht, Süße. Dass du Lennart kennengelernt hast, fällt wohl in dieselbe Kategorie wie Beinbruch: höhere Macht.

Marie: Tut zum Glück nicht so weh …

Lona: Ja, und das wünsche ich dir von Herzen, dass es dir mit ihm niemals wehtun wird. Also, wenn du die Zeit jetzt mit ihm brauchst, dann nimm sie dir! Mutter Teresa hat schon verziehen.

Marie: Wow, ich wusste doch, dass deine katholische Erziehung zu irgendetwas gut sein muss!

Lona: Ja, nicht wahr?

Marie: Und besuchst du Marc jetzt?

Lona: Zumindest habe ich mein Kommen angekündigt. Tante Graziella und Onkel Lorenzo werden im Dreieck springen, wenn sie es erfahren … Werde mir einen hervorragenden Grund ausdenken müssen, um fahren zu können … Irgendeine Idee?

Marie: Nein, aber ich werde darüber nachdenken und dir morgen Bescheid geben.

Lona: Feine Sache! Dann kann ich ja jetzt beruhigt schlafen gehen!

Marie: Tu das, meine Süße! Gute Nacht! Und vergiss nicht, mir dein Treffen mit diesem geheimnisvollen Marc in allen Details zu beschreiben!

24. August, 22:51h
An: marie.krueger@gmx.de
Betreff: Was man seinen italienischen Anverwandten sagt ...

... wenn man vorhat, die Arbeit zu schwänzen. Hallo Marie? Ist dir schon was eingefallen? Es sind nämlich nur noch zwei Tage bis zu meinem Treffen mit Marc, und mein Kopf ist wie leergefegt. Was vielleicht auch mit dem Lampenfieber zusammenhängt ...

25. August, 15:03h
An: marie.krueger@gmx.de
Betreff: Kein Betreff

Na, auf *die* Lösung bin ich gespannt! Sie muss wirklich gut sein, schließlich denkst du schon seit zwei Tagen darüber nach!

---

26. August, 15:42h

Lona: Erwischt! Ich sehe, dass du online bist! Du bist mir noch eine Entschuldigung schuldig.
Marie: *beide Hände in die Höhe heb* Was habe ich getan?
Lona: Mir immer noch keine Entschuldigung souffliert, die ich heute Abend vorbringen kann, wenn ich erkläre, dass ich morgen nach Lipari fahre!

Marie: Oh, tut mir leid, war so angetan von meinem gipslosen Bein, dass ich es tatsächlich zwei Tage lang benutzt habe. Und so lange war ich auch nicht mehr online. Also … lass mich nachdenken …

Lona: Ja, wird's bald mal was? Noch 45 Jahre, und ich bin Großmutter!

Marie: *So* lange willst du auf Enkel warten?

Lona: Marie!!!

Marie: Schon gut. Um ehrlich zu sein, mir fällt nichts ein, womit du deine Abwesenheit erklären kannst …

Lona: Toll, so weit war ich auch schon!

Marie: Kannst du deine Tante Graziella nicht einfach beiseite nehmen und ihr sagen, dass du einen süßen Jungen kennengelernt hast, das würde sie als Frau doch sicherlich verstehen!

Lona: Das finde ich jetzt irgendwie seventies …

Marie: Ich weiß ja nicht, wo du in den letzten 30 Jahren gelebt hast, aber die Menschen haben immer noch Sex!

Lona: Na, ich jedenfalls nicht. Und ich werde auch keinen mehr haben. Nicht, wenn ich weiterhin hier im Kreise meiner Lieben versauern muss. Und wo ich die zwölf Jahre vor meiner Geburt verbracht habe, kann ich mir auch nicht erklären.

Marie: Hey, jetzt habe ich es! Ist Lipari nicht die größte der Liparischen Inseln? Und gibt es dort nicht ein Krankenhaus? Du könntest vortäuschen, an Schweinegrippe oder so erkrankt zu sein. Oder du sagst seventies-mäßig, dass du dir bei deinem Aufenthalt auf Alicudi und Filicudi, oder wie diese eigenartigen Inseln heißen, eine Geschlechtskrankheit zugezogen hast.

Lona: Bist du gerade im Led-Zeppelin-Fieber oder was?
Marie: Nichts gegen Jimmy Page!
Lona: Na ja, die Idee, eine Krankheit vorzutäuschen, ist nicht schlecht. Also gut, drück mir die Daumen, dass es klappt!
Marie: Peace man, das wird cool!

28. august, 00:42 h

Warum über niedrigen Blutdruck klagen? Eine Fahrt auf einem Mofa durch italienische Berge kann dieses Problem rasch beseitigen. Vorausgesetzt, man sitzt hinten und wird von jemandem gefahren, der jung, männlich und südeuropäischer Herkunft oder am besten eine Kombination aus allem ist. Nein, ich verbreite keine Klischeevorstellungen, ich sage einfach, wie es ist. Ich habe in letzter Zeit die Erfahrung gemacht, dass die Wirklichkeit das Klischee noch übertrifft. Das gilt jetzt natürlich nicht für Blondinen, hirnarme Muskelmänner und andere beliebte Objekte des Spotts. Es gilt jedoch für italienische Mofafahrer. Aber der Reihe nach.

Heute Morgen bestieg ich in Salina die Fähre nach Lipari, um Marc zu treffen. Er wollte mich am Fährhafen abholen, aber als ich eintreffe, ist er weit und breit nicht zu sehen. Stattdessen tritt ein dunkelhaariger Typ auf mich zu, der aussieht, als verbringe er einen Großteil seiner Freizeit an diversen Arm- und Brustmuskelpressen. Er stellt sich mir als Stefano vor und behauptet, ein Freund von Marc zu sein. Marc habe bei seiner Beschreibung von mir nicht übertrieben, erklärt er freudestrahlend und tritt einen Schritt auf mich zu, um mir zur Begrüßung die Wangen zu küssen. «Du siehst genauso dänisch aus, wie ich mir dich vorgestellt hatte!»

Ich halte die Hand hoch wie eine Polizistin bei allzu ungeregeltem Verkehr. «Wo ist Marc?», will ich wissen.

«Telefonkonferenz.» Stefano hebt die Schultern und versucht dabei, betrübt auszusehen.

Der Versuch misslingt. Stefano ist zufrieden, und ich kann mir auch denken, wieso. Skandinavierinnen haben in Italien einen gewissen ... Ruf. Völlig ungerechtfertigt natürlich – hier stimmt das Klischee eben nicht. Ich bin hin- und hergerissen zwischen dem Verlangen, ihm zu erklären, dass eine dänische Mutter kein Freifahrtschein für körperliche Annäherungen ist, und dem Wunsch, mehr über diese ominöse Telefonkonferenz zu erfahren. Die Neugier siegt.

Stefano erklärt mir, dass seit gestern die Deutsche Vulkanologische Gesellschaft tagt, zu der Marc eingeladen war, um dort einen Vortrag zu halten. Das habe er aber abgelehnt, weil er sich ja gerade in Italien mit diesem Forschungsprojekt beschäftigt, darum sei er per Telefon zugeschaltet. Die Konferenz dauere schon seit heute früh, und Marc sei mit seinem Beitrag jetzt erst dran.

«Marc ist Vulkanologe?», bricht es aus mir heraus.

Stefano lächelt mich an. «Das wusstest du nicht?»

«Ich dachte, er wäre Student!»

Stefano hebt abermals die Schultern und breitet dabei die Hände mit den Handflächen nach oben aus. «Er schreibt seine Doktorarbeit in Vulkanologie.»

Mir wird auf einmal siedend heiß, was nichts mit den Temperaturen zu tun hat, die jetzt am Vormittag schon bei 35 Grad liegen. Nein, mir fallen all die Gespräche ein, die wir über Vulkane geführt haben, und meine dummen Bemerkungen über Supervulkane, und wie interessant diese Phänomene doch seien. Marc muss im Stillen den Kopf über mich geschüttelt haben. Eine frischgebackene Schulabgängerin klärt ihn, den angehenden Doktor der Vulkanologie, über die Faszination Vulkane auf! Ich könnte mich treten! Warum habe ich ihn nicht gleich zu Beginn nach seinem Studienfach gefragt?

«Und jetzt sollst du mich also abholen?», frage ich schwach.

«Ja.» Stefano nickt begeistert. «Eigentlich sollte meine Schwester dich abholen. Wir haben Marc hier zufällig vor ein paar Tagen kennengelernt. Ja, und dann habe ich aber zu meiner Schwester gesagt: Susanna, du kannst doch gar nicht richtig *motorino* fahren, lass mich die blonde Dänin abholen, das ist doch viel praktischer!»

«Und jetzt fahren wir aber zu Marc?», frage ich, nur um ganz sicherzugehen.

«Ja», bestätigt Stefano. «Das tun wir.»

Und dann beginnt die Fahrt, die ich so bald nicht mehr vergessen werde.

Lipari-Stadt kommt mir wie eine Massenmetropole vor. Mofas knattern an uns vorbei, Autofahrer hupen, Gruppen von Leuten in meinem Alter und Familien ziehen in einem schier endlosen Zug an uns vorbei. Stefano trägt seinen Teil zum allgemeinen Hupen und

Gefluche bei. Wir stehen schon im Stau, bevor wir den Hafen überhaupt verlassen haben. Das scheint meinem *motorino*-Chauffeur nicht zu gefallen, denn plötzlich schießt er so heftig nach vorn, dass ich hinten fast vom Sitz rutsche. Vor Schreck klammere ich mich an Stefano fest.

Er dreht sich breit grinsend zu mir um: «Alles klar da hinten?»

Ich nicke und lasse ihn rasch wieder los.

«Nicht loslassen!», fordert er mich auf. «Jetzt starten wir durch!»

Erneut schnellt das *motorino* nach vorn. Ein Busfahrer, dem wir die Vorfahrt genommen haben, schüttelt wütend die Faust und verwünscht uns in die Hölle.

«Könntest du bitte einen anderen Fahrstil imitieren als den von Michael Schumacher?», brülle ich nach vorn. Schumi, das weiß ich, ist in Italien mindestens ebenso legendär wie in Deutschland, schließlich fährt er Ferrari, was so etwas wie ein fahrbares Nationalgefühl ist.

Stefano dreht sich kurz zu mir und reckt den Daumen in die Höhe. «Schumackerrr!», wiederholt er anerkennend. «Du bist wirklich mutig! Also gut, wenn du darauf bestehst!»

Ich komme nicht mehr dazu, das Missverständnis aufzuklären, denn schon zischt mir der Fahrtwind um die Ohren. Mir fällt ein, dass ich vergessen habe zu fragen, wohin die Fahrt überhaupt geht. Wir rasen an der Festung Lipari entlang, einer riesigen Schutzmauer, die der Legende zufolge schon den Reisenden Odysseus vor 2700 Jahren willkommen geheißen hat. Ob die

Festung tatsächlich noch aus der Zeit stammt oder ob sie durch eine Maurerarbeit jüngeren Datums ersetzt wurde, kann ich bei dem Tempo, das Stefano vorlegt, nicht erkennen. Es ist ein bisschen wie in diesem Science-Fiction-Film «Contact», in dem Jodie Foster durch ein Schwarzes Loch in ein anderes Universum gezogen wird. Oder vielleicht versucht Stefano auch, «Speed» nachzuspielen, wo das Fahrzeug in die Luft fliegt, wenn es langsamer als 80 Stundenkilometer fährt. Ich überlege kurz, ob das mit dem Testament doch sinnvoll gewesen wäre. Aber da ich momentan ohnehin nicht mehr habe als ein paar Klamotten, einen Laptop und einen unbändigen Überlebenswillen, hätte mich das jetzt auch nicht weitergebracht. Mittlerweile haben wir Lipari-Stadt hinter uns gelassen

Während wir durch eine geschlossene Ortschaft brettern, in der bei unserer Ankunft eine Gruppe von Hühnern panisch in die Höhe flattert und eine kleine, schwarzgekleidete Frau mit knapper Not zur Seite springt, überlege ich, ob die Erbfolge auch umgekehrt funktioniert. Muss ja, wenn ich selbst keine Nachfolger habe und sie, sollte diese Fahrt so enden, wie ich es gerade vermute, wohl auch niemals werde zeugen können. Dann erben Mama und Papa die Klamotten und den Laptop. Ich schließe die Augen und freue mich über meine katholische Erziehung. Mir fällt tatsächlich ein Sterbegebet ein.

Jetzt nimmt Stefano eine Abzweigung in die Berge hinauf. Ich vermute, dass die Aussicht unter normalen Bedingungen ganz hübsch ist. Wir bewegen uns zwischen Macchiabüschen und Farnen hindurch, auf der rechten Seite erkenne ich das Meer. Immer höher schraubt sich die Straße, zuletzt über enge Haarnadelkurven, bis zu einer Abzweigung rechts. Wenn ich bis dato geglaubt habe, dass dies die schlimmste Bergstraße ist, auf der ich jemals gefahren bin, werde ich nun eines Besseren belehrt. Erst, was *jetzt* folgt, ist die schlimmste Bergstraße. Sie ist eng und voller Schlaglöcher, sodass ich alle paar Augenblicke von meinem Soziussitz in die Höhe geschleudert werde. Wir fahren links an einer verwitterten Kirche vorbei und folgen der Holperstraße weiter bergauf nach rechts. «Forgia Vecchia» steht über einem gelben Pfeil, also «alte Schmelze». Und dann bremst Stefano urplötzlich und stellt den Motor aus. Die plötzliche Stille wirkt ohrenbetäubend. Ich höre nur noch das Summen von Insekten und vereinzeltes Vogelzwitschern. Es riecht intensiv nach Kräutern und Harz.

«Wunderschön hier, oder?», fragt Stefano und sieht mir in mein vermutlich totenbleiches Gesicht. Er lächelt. «Du hast doch nicht etwa Angst gehabt?»

Hat man Angst, wenn man mit hundert Sachen auf einem frisierten Mofa Haarnadelkurven nimmt und einem ein Auto entgegendonnert, dem man nur deshalb noch ausweichen kann, weil die Straße neben einem gerade mal nicht geschätzte tausend Meter zum Meer hin abfällt, sondern sich zu einer Parkbucht verbreitert?

«Na ja, ich wollte dir das nur mal eben zeigen», erklärt Stefano. «Hübsch hier, oder? Ihr seid ja alle so vulkanverrückt!»

Wer *ihr* ist, will ich wissen.

«Marc, du und meine Schwester», antwortet Stefano. Susanna studiere auch Vulkanologie. Und ich sei ja auch so eine, die sich gerne Vulkane anschaut. Habe ihm Marc erzählt.

Ich nicke bestätigend, atme tief in den Bauch und sehe mich um. Mein Herz klopft nur noch halb so schnell. Was angesichts der Ruhe und Stille hier bedeutet, dass ich immer noch ein Fall für den Kardiologen bin. Ich wische mir den Angstschweiß von der Stirn. Doch, tatsächlich. Es ist sogar *sehr* hübsch hier. Wir stehen auf einer Art Aussichtsplattform. In der «alten Schmelze», erklärt mir Stefano, haben früher Schmiede gearbeitet. Eigentlich ist sie ein erloschener Vulkan. Das Dickicht hat sie mittlerweile in ein verwunschenes Tal verwandelt, das bis zum Meer abfällt.

«So, dann hoffe ich, dass Marc mit seiner Telefonkonferenz jetzt fertig ist», sagt Stefano.

Das hoffe ich auch.

28. August, 10:53h
An: lona.mastroianni@web.de
Betreff: Vollbremsung

Wie – das war es jetzt schon wieder?! Ich bin so schlau wie ehedem! Mit welcher Entschuldigung hast du dich denn nun davongeschlichen? Und hast du Marc jetzt getroffen oder hast du dich in deinen muskelbepackten Formel-1-Fahrer so verguckt, dass jeder Gedanke an wissenschaftliche Mitarbeiter von allein von deiner Festplatte verschwunden ist? Und was hat es mit dieser

Susanna auf sich? Ist das die geheimnisvolle Frau, wegen der sich Marc nicht mehr bei dir gemeldet hat? Und wo bist du jetzt überhaupt???

28. August, 11:24h
An: marie.krueger@gmx.de
Betreff: AW: Vollbremsung

Liebe Marie, tut mir leid, das ist hier alles gerade nicht so ganz einfach. Ich kann jetzt leider auch nicht viel mehr sagen, tippe dir das hier nur rasch und heimlich von meinem iPhone, bin gerade im Krankenhaus, mir fehlt aber nichts. Hoffe, dir heute Abend mehr schreiben zu können! L.

28. August, 11:53h
An: lona.mastroianni@web.de
Betreff: RE: AW: Vollbremsung

Bitte was????????????????

28. August, 12:05h
An: lona.mastroianni@web.de
Betreff: Dein Blogeintrag über Lipari

Lona, Papa und ich möchten nicht, dass du mit wildfremden Jungs einfach so Mofa fährst! Das kann wirklich unheimlich gefährlich sein, wie du ja auch selbst

festgestellt hast! Hoffe, dir geht es gut und du bist gut untergebracht! Beschreib doch mal dein Zimmer! Bist du da jetzt in einem Hotel?
Küsschen Mama

28: August, 12:08h
An: jytte@web.de
Betreff: AW: Dein Blogeintrag über Lipari

Liebe Mama, mach dir keine Sorgen, mir geht es sehr gut. Ich habe ein sehr bequemes Bett und erhalte regelmäßige Mahlzeiten. Das Zimmer teile ich mir mit einer netten Frau. Es ist so etwas Ähnliches wie ein Hotel. Ich hoffe, dass es Papa und dir gutgeht! Angehängt findet ihr ein Foto von Tante Graziella und mir auf der Terrasse. Ich hoffe, dass es euch gefällt!
Ich umarme dich.

P.S. Ich habe bei der Beschreibung der Mofafahrt ein bisschen übertrieben. In Wirklichkeit ist dieser Stefano überhaupt nicht 100 km/h gefahren, höchstens 70. Der Abhang zum Meer war auch nicht 1000 Meter tief.

28. August, 12:12h
An: lona.mastroianni@web.de
Betreff: RE: AW: Dein Blogeintrag über Lipari

Na, dann bin ich erst mal wieder beruhigt! Ich kann auf dem Bild aber kaum was erkennen. Du scheinst irgendwas auf der Linse gehabt zu haben, es sind ganz viele schwarze Flecken drauf. Und was hat Tante Graziella da für ein Gerät in der Hand? Und warum steht sie mit diesen gefährlich aussehenden Absätzen auf so einem Stuhl? Und warum bist du so dick angezogen? Ich hoffe, dass du nicht erkältet bist!!!

28: August, 12:17h
An: jytte@web.de
Betreff: RE: RE: AW: Dein Blogeintrag über Lipari

Mama, du bist lustig, es ist so heiß hier, dass die ersten Urlauber Kreislaufzusammenbrüche und Hitzschläge erleiden, Erkältungen haben hier keine Chance! Und die schwarzen Punkte sind die Wespen, die Tante Graziella gerade mit ihrem Staubsauger aufzusaugen versucht. Sie trägt dabei High Heels, das hat sie doch auch schon früher getan! Ich habe mich deswegen so dick angezogen, damit mich die Wespen nicht direkt in die Haut stechen können.

28. August, 22:56h
An: marie.krueger@gmx.de
Betreff: RE: RE: AW: Vollbremsung

So, meine Süße, auf welche Frage antworte ich dir denn mal zuerst? Also, der Reihenfolge nach. Meine nicht sonderlich originelle und im Matheunterricht oft erprobte Entschuldigung lautete, dass ich starke Bauchschmerzen hätte und die gern im Krankenhaus untersuchen lassen würde. Das haben Tante Graziella, Onkel Lorenzo und Großvater akzeptiert. Ja, ich habe mich mit Marc getroffen. Nein, in meinen muskelbepackten Formel-1-Fahrer habe ich mich *nicht* verguckt. Ob Marc mit Susanna irgendwas laufen hat, habe ich noch nicht herausgefunden. Ich bin immer noch auf Lipari und teile mir das Zimmer mit einer, die an Albträumen leidet. Leider ist sie vor einer halben Stunde eingeschlafen, sodass ich mich vor lauter Gestöhne kaum auf meine Mail konzentrieren kann.

28. August, 22:57h
An: lona.mastroianni@web.de
Betreff: RE: RE: RE: AW: Dein Blogeintrag über Lipari

O gut, Mäuschen, dann bin ich ja beruhigt! Hoffe, du schreibst mir noch einmal von Lipari. Habe die Insel sehr genossen damals. Kannst du dich eigentlich noch an den Urlaub erinnern? Du warst damals drei Jahre alt. Küsschen Mama.

28. August, 22:59h
An: jytte@web.de
Betreff: RE: RE: RE: RE: AW: Dein Blogeintrag über Lipari

Nur noch sehr dunkel, Mama. Hör mal, es kann sein, dass euch Tante Graziella oder Onkel Lorenzo demnächst anrufen, um euch eine wüste Geschichte aufzutischen, darüber, wie ich angeblich im Krankenhaus liegen würde oder so. Der Hintergrund ist eine Wette. Tante und Onkel meinten nämlich, dass ihr naiv wäret und dass ihr alles glaubt, was man euch erzählt. Ich habe dagegen gewettet, dass ihr ihnen kein Wort von dieser Krankenhausgeschichte glaubt. Also tut mir den Gefallen und enttäuscht mich nicht. Mir geht es sehr gut, und ich habe euch lieb! Kuss zurück. Deine Lona

28. August, 23:02h
An: lona.mastroianni@web.de
Betreff: Unsittliche Geräusche

Gestöhne? In eurem Zimmer? Ist denn jemand vom Guinnessbuch da? Das klingt alles irgendwie, als handele es sich um einen Rekordversuch: Wie viel kann Lona denn noch einstecken? Ich fühle wirklich mit dir, Süße. Aber erzähl weiter! Ich will jetzt endlich wissen, was mit dir ist!

28. August, 23:55h
An: marie.krueger@gmx.de
Betreff: The beat goes on

Guinnessbuch, versteckte Kamera, hier ist alles möglich. Also weiter im Text. Nachdem mein persönlicher Rennfahrer mir einen tollen Ausblick auf den alten Krater gewährt hat, ging es in bewährtem Tempo wieder los, hinunter an die Küste diesmal, in einen ehemaligen Fischerort namens Canneto. Hier steht die einzige liparische Werft. Sagt zumindest Stefano, der vor dem Eingang des Gebäudes stoppt und mir erklärt, dass hier nur ein einziger Mensch arbeiten würde und der baue die traditionellen Fischerboote aus Holz. Dann blickt er auf die Uhr und beschließt, dass die Telefonkonferenz jetzt zu Ende sein müsste. Das hoffe ich allerdings auch. Ich bin schließlich nicht zum Sight-, sondern zum Marc-seeing angereist.
Und das gelingt mir dann schließlich auch. Als wir vor einem weißen Haus zum Stehen kommen, sehe ich Marc, wie er mit einer Tasse Kaffee in der Hand auf der Holzbank einer Veranda sitzt. Neben ihm sitzt eine italienische Schönheit mit taillenlangen dunkelbraunen Haaren und redet gestenreich auf ihn ein. Als Marc mich sieht, steht er auf und lächelt. Er macht ein paar Schritte auf mich zu, dann bleibt er stehen.
Ich habe in diesem Augenblick nur einen Gedanken. Marc mit seinem Grübchen in der Wange hat das schönste Lächeln der Welt. Zum ersten Mal bemerke ich, dass er eine kleine Zahnlücke hinter dem Eckzahn hat. Er sieht mich an. Es ist einer dieser Blicke, die ein paar

entscheidende Sekunden zu lang dauern. Seine Augen sind warm und braun. Ich kann nicht mehr atmen.
Ich bleibe wie angewurzelt stehen, und auch Marc rührt sich nicht mehr. Die ganze Welt scheint stillzustehen.
Dann höre ich plötzlich, wie Stefano hinter mir lossprudelt. «So, ich habe sie dir heil nach Hause gebracht, deine dänische Freundin. Ist eure Konferenz beendet? Habt ihr dieses lästige Weltproblem mit den Erdbeben gelöst?»
Marc sieht Stefano an und lächelt noch breiter. Er öffnet den Mund, zweifellos, um ebenfalls etwas Witziges zu sagen, aber in diesem Augenblick kommt die italienische Schönheit auf mich zu. «Susanna», stellt sie sich vor. «Ich bin Stefanos Schwester. Aber – kennen wir uns nicht?»
Es gibt mehrere Antworten, die mir in diesem Moment auf der Zunge liegen. Eine davon lautet: «Na ja, ich nehme an, dass der Möchtegern-indische Delphinbeobachter Rajneesh dich besser kennengelernt hat als ich.» Oder auch: «Kennen ist vielleicht etwas übertrieben. Dafür warst du beim letzten Mal zu sehr mit deinem Wurzelchakra beschäftigt.» Tatsächlich fühle ich, wie Wut in mir aufsteigt, und ich sage: «Stimmt. Wir haben uns kennengelernt, als du mich gemeinsam mit so ein paar deutschen Spinnern auf einer Insel ausgesetzt hast. Ich musste in der folgenden Nacht übrigens in Katzenpisse schlafen und kam wegen des Fährstreiks nicht mehr nach Hause. Wie geht's?»
Ich sehe, wie Susanna beginnt, nervös ihre Haare zu flechten. «Das war schon eine komische Truppe, diese

Leute, stimmt», sagt sie. «Du siehst übrigens ein bisschen blass aus, ich hoffe, dass es dir gutgeht. Na ja, nicht jeder kommt mit dem Fahrstil meines Bruders klar.»
«Du bist *die* Susanna?» Jetzt dreht sich Marc zu ihr um. «Die Susanna, von der Lona mir erzählt hat? Die auf dem Boot mit den Delphinbeobachtern war?» Seltsamerweise spricht er Englisch mit ihr.
«Ich weiß gar nicht, was ihr alle habt», gibt Susanna in einem sehr amerikanisch klingenden Englisch zurück. «Ich fand die Leute an Bord sehr nett. *Well,* nicht jeder kann sich vielleicht an fremde Sitten so leicht anpassen wie ich.» Sie haucht einen Kuss links und rechts an meinen Wangen vorbei und streicht sich dann die Haare aus dem Gesicht.
«Susanna ist eine Kommilitonin von mir in New York», erklärt Marc. «Wir sind uns zufällig hier begegnet. Ich hatte gar nicht gewusst, dass Susanna ursprünglich aus Lipari stammt.»
Die Angesprochene lächelt und kämmt sich die Haare zu einem Zopf oberhalb ihres rechten Ohres. Dann wendet sie sich mir wieder zu. «Und du hast das Marc alles brühwarm erzählt?»
«Nein», geht Marc dazwischen, «Lona führt einen Reiseblog, da steht es drin.» Er nickt mir unmerklich zu, und ich begreife, dass er jetzt weiß, was Susanna mit diesem Rajneesh an Bord getan hat. Bricht jetzt für ihn eine Welt zusammen? «Scheint ja ein toller», er setzt das Wort mit Zeige- und Mittelfinger in Anführungsstriche, «Delphintrip gewesen zu sein.»
«O ja, die Delphine.» Susanna macht eine abwehrende Handbewegung. «Der totale Reinfall! Wir haben nicht

einen einzigen gesehen! Und du bist dann irgendwann wieder gut nach Hause gekommen?», will sie von mir wissen, fährt aber fort, ohne eine Antwort abzuwarten. «Das freut mich für dich! So! Und hier sind wir nun!» Sie deutet auf das weiße Haus hinter sich und die Veranda. «Hier wohnen meine Eltern! Marc haben wir im Gästezimmer untergebracht. Wenn du möchtest, kannst du heute Nacht in dem anderen Gästezimmer schlafen!» Sie lächelt ein tiefes Grübchenlächeln. «Ist auch garantiert kein Katzenpipi drin!»
Ich erkläre, dass ich am Abend schon wieder nach Salina zurück muss, weil ich dort morgen arbeite.
«Ach ja, richtig.» Susannas Lächeln kommt mir eine Spur herablassend vor. «Marc hat erzählt, du seiest Abwäscherin.»
Ich überlege kurz, ob ich ihr sagen soll, dass ich eigentlich auf Weltreise bin und mir mit Jobs in der Gastro das Geld dafür verdiene, lasse es dann aber bleiben. Susanna hat ihr Urteil über mich sowieso schon gefällt. Und ich meines über sie.
Dann gehen wir zum Strand hinunter. Stefano bietet mir an, meine Tasche mit den Badesachen zu tragen, und bleibt auch ansonsten immer dicht an mir dran. Wie um alles in der Welt ist Marc an diese zwei Ebenbilder von Barbie und Ken geraten? Sicher, die Studienbekanntschaft. Aber ist das ein Grund, mit den beiden auch den Urlaub zu verbringen? Nein, antworte ich mir in der nächsten Sekunde. Susanna ist optisch eine absolute Traumfrau. *Das* ist der Grund.
Ich habe das Gefühl, zunehmend in den falschen Film zu rutschen. Ich wollte mich hier doch eigentlich nur mit

Marc verabreden! Allein! Hilfe, denke ich, während ich sehe, wie Marc mit Susanna plaudert und Susanna dabei unablässig mit ihren Haaren spielt. Ich will wieder nach Salina! Meinetwegen auch nach Alicudi! Hauptsache, ich bin nicht mit diesem Paar hier zusammen!
Eine halbe Stunde später versuche ich mich an der «spiagga della papesca» zu entspannen, einem wirklich schönen Strand, der direkt an einer Bimssteinhalde liegt. Der ganze Sand ist von leuchtend weißen Körnchen bedeckt, die auch im Wasser verteilt liegen, sodass das Meer ganz klar und helltürkis aussieht. Marc legt sein Handtuch neben meines. «Ich hoffe, es ist okay für dich, dass die beiden mit dabei sind», sagt er leise, obwohl Susanna und Stefano ja kein Deutsch verstehen. Er lächelt wieder sein charmantes Zahnlückenlächeln. «Vor allem Stefano freut sich sehr darüber, dass du gekommen bist. War es nett mit ihm vorhin?»
Ich überlege kurz. «Wenn man auf Achterbahn mit Looping und Bungeejumping steht, kommt man bei ihm voll auf seine Kosten», lächele ich zurück. «Übrigens hast du mir gar nicht erzählt, dass du Vulkanologe bist!»
Marc verzieht das Gesicht.
«Du magst nicht darüber reden?», versuche ich, seinen Gesichtsausdruck zu deuten.
«Nein, ich habe nur …» Wieder verzieht er das Gesicht. «Ich habe seit heute Morgen so starke Bauchschmerzen. Schätze, ich bin den starken italienischen Kaffee nicht mehr gewohnt.»
Eine Stunde später kann Marc sich vor Schmerzen kaum noch bewegen. Ich denke an den Ort, den zu besuchen ich heute Morgen vorgegeben habe, und sage, dass es so

nicht weitergehen könne, wir müssten ins Krankenhaus. Daraufhin erbietet sich Stefano augenblicklich, Marc zu fahren, was ich aber zum Glück verhindern kann.
Das Krankenhaus von Lipari liegt etwas außerhalb von Lipari-Stadt in San Bartolo al Monte und ist insbesondere für seine Dekompressionskammer berühmt. Ich überlege, ob ich im Blog etwas dazu posten soll, um mit meinen Recherchefähigkeiten anzugeben, schließlich habe ich das Krankenhaus jetzt von innen gesehen, könnte sogar das eine oder andere über Personal, Beschaffenheit von Betten und die Behandlung in der Notaufnahme verlauten lassen, aber wie erkläre ich dann meinen Eltern, dass ich darüber so genau Bescheid weiß? Ich musste Tante Graziella Stein und Bein schwören lassen, dass sie nichts über meinen Krankenhausaufenthalt verrät, mit der Begründung, dass Mama und Papa schon besorgt genug um mich sind. Weiß aber gleichzeitig, dass sie sich daran nicht halten wird, weshalb ich meine Eltern gewarnt habe, dass Tante Graziella ihnen demnächst einen schlechten Scherz auftischt. Allmählich verwirren mich diese Lügengeschichten. Obwohl von mir selbst ersonnen, finde ich mich kaum in ihnen zurecht.
Um dem Größenwahnsinn freien Lauf zu lassen: Allmählich begreife ich, wie dem Schöpfer zumute gewesen sein muss, als er den Menschen unterschiedliche Geschichten über seine Identität aufgetischt hat: Den einen erzählte er, dass er angeblich Gott heiße und einen Sohn namens Jesus habe, den anderen fabulierte er etwas von Allah, Mohammed, Vishnu, Buddha und anderen Heiligen vor. Scherz beiseite. Ich erzähle

demnächst weiter. Aber nicht mehr heute Nacht, will versuchen, jetzt zu schlafen, das Leben in der Jugendherberge beginnt immer so schlimm früh …

29. August, 11:03h
An: marie.krueger@gmx.de
Betreff: and on and on

Was ich dir jetzt erzähle, liest sich wahrscheinlich, als ob ich es mir ausgedacht hätte. Aber es ist die Wahrheit, Marie, so unglaublich es auch klingt!
Wir fahren also zu viert im Krankenhaus vor (Ken und Barbie alias Stefano und Susanna haben es sich nicht nehmen lassen mitzukommen) und schleifen Marc in die Notaufnahme. Mittlerweile leidet er so starke Schmerzen, dass er weder richtig gehen noch sprechen kann. Wir verbringen eine Ewigkeit in einem Warteraum. Auf einmal sehe ich, wie Susanna nach Marcs Hand greift und sie streichelt. Marc wehrt sich nicht dagegen. Er hat die Augen geschlossen. Mir wird irgendwie komisch ums Herz.
Als ob das noch nicht genug wäre, dreht Susanna sich plötzlich zu mir um. «Eigentlich kennst du Marc ja gar nicht richtig. Ich würde darum vorschlagen, dass du jetzt gehst.»
Ich erwidere, dass ihr Versuch, mich erneut auf einer Insel auszusetzen, diesmal daran scheitert, dass ich bereits auf einer *bin*.
Marc öffnet während unseres Wortwechsels kurz die Augen und möchte wissen, worum es geht. Susanna

erklärt ihm, dass es wohl besser wäre, wenn ich jetzt wieder zurückführe, doch zu meiner Überraschung entgegnet Marc, dass ihm meine Anwesenheit hier gut gefällt. Noch bevor ich darüber nachdenken kann, was ich tue, rufe ich Tante Graziella an, um ihr zu verkünden, dass ich heute Abend noch nicht zurückkehren kann.

«Wo bist du denn, *piccolina*?», will sie wissen, worauf ich ruhigen Gewissens antworten kann: «Im Krankenhaus.»

«Ist es etwas Schlimmes?»

«Nun ja.» Ich improvisiere weiter, während ich bemerke, dass Susannas und Stefanos Blicke auf mir ruhen. «Es sieht nach starken Bauchschmerzen aus.»

«Was soll das heißen, es sieht aus?!», erregt sich Tante Graziella. «Spürst du sie, oder spürst du sie nicht?»

Ich werfe einen Seitenblick auf Marc, der mit bleichem Gesicht in seinen Wartestuhl gesunken ist und das Gesicht verzieht. Armer Marc, ja, in diesem Augenblick spüre ich die Schmerzen, als wären es meine eigenen.

«Sie sind unerträglich», fasse ich die Situation, wie ich hoffe, korrekt zusammen.

Tante Graziellas Stimme dröhnt so laut, dass Susanna und Stefano neben mir zusammenzucken. «Teurer Gott, *piccolina,* was sagt denn der Arzt?»

Der Arzt habe bislang noch gar nichts sagen können, erkläre ich. Wir wären ja immer noch nicht dran.

Wer denn *wir* wäre, will Tante Graziella wissen.

Ich bewege mich auf sehr dünnem Eis.

«Oh, ein paar Freunde von mir, die ich hier getroffen habe, sind mitgekommen», antworte ich.

Susanna zieht skeptisch eine Augenbraue hoch, als sie das Wort *amici,* Freunde, hört. Stefano hingegen strahlt und zwinkert mir zu. Ich bemerke, dass Marc ihn irritiert ansieht. Himmel, in was bin ich da geraten? In eine schlechte Arztserie?

In diesem Moment steht der rettende Engel vor uns: eine Krankenschwester, die Marcs Namen aufruft. Ich bedecke hastig mein iPhone mit der Hand. «Der Arzt hat jetzt Zeit», sage ich rasch zu Tante Graziella. «Wir hören uns. Ciao.»

Endlich erfahren wir, woran Marc leidet: Es ist eine Blinddarmentzündung. Der Arzt rät dazu, schnell zu operieren.

Ob er denn trotzdem in fünf Tagen den Rückflug antreten könne, will Marc wissen. Der Arzt schüttelt so abwehrend die Hände, als hätte Marc ihm einen Antrag gemacht. «Auf keinen Fall, niemals, das könnte ich nicht mit meinem Gewissen vereinbaren!», ruft er empört.

Marc winkt uns von seinem Krankenbett aus zu. «Fahrt mal alle nach Hause», lächelt er. «Hier gibt es nichts Erbauliches mehr zu sehen. Lona, tut mir leid, dass du umsonst hierhergefahren bist.» Abermals senkt er die Stimme. «Es war aber schön, dich zu sehen.»

Ich spüre, wie sehr ihn die Worte anstrengen, und drücke ihm die Hand. «Ich fand es auch schön, dich zu sehen. Mach dir keine Sorgen! Jetzt wird alles gut!»

Dann stehe ich auf. «Andiamo!», sage ich zu Susanna und Stefano. «Marc will allein sein, hat er gesagt!»

Susanna blickt Marc zweifelnd an. Ob er sicher sei, dass er hier allein bleiben wolle, und ob es überhaupt nichts gäbe, was sie für ihn tun könne, fragt sie.

O Mann, ich merke gerade, wie gut es mir tut, dir all das zu schildern, Marie! Es ist der reine, unverbrauchte

Wahnsinn, was in den letzten Tagen hier geschehen ist! Meine Eltern würden übrigens tot umfallen, wenn sie das alles wüssten, darum bitte: kein Wort zu ihnen!!!

«Du kannst meinen Flug umbuchen», sagt Marc zu Susanna. «So wie es aussieht, bleibe ich wohl noch mindestens zwei Wochen hier.»

«Aber dann hat ja das Semester schon begonnen!», ruft sie panisch aus.

«Na gut», antwortet Marc ironisch. «Dann bin ich wohl besser pünktlich. Dafür nehme ich natürlich auch den Blinddarmbruch in Kauf.» Wieder verzieht er vor Schmerzen das Gesicht.

«Das würdest du tun?», fragt Susanna ein wenig überrascht.

Sie mag zwar in NY studieren, doch besonders helle scheint sie nicht zu sein.

«Nein», gehe ich dazwischen. «Marc hat einen Scherz gemacht!»

Wir verabschieden uns von ihm, und ich wünsche ihm viel Glück für die OP.

«Unter Glück verstehe ich etwas anderes», höre ich ihn murmeln. Offensichtlich bewahrt er in Zeiten der Krise seinen Sinn für Humor.

Ich lehne Stefanos sicherlich freundlich gemeintes Angebot ab, mich noch zum Hafen zu fahren, und mache mich allein auf den Rückweg. Die Straße nach Lipari-Stadt kommt mir ewig lang und staubig vor, und die Sonne brennt schier unerträglich auf meine Haut. Erst als ich die Festungsmauer wieder vor mir aufragen sehe, bemerke ich, dass ich kaum mehr von Marc erfahren habe. Und unser Kontakt war unpersönlicher denn je.

Spontan kehre ich um. Ohne recht zu wissen, ob ich Marc überhaupt noch besuchen darf, und vor allem, was ich ihm sagen werde, wenn er aus der Narkose aufwacht. Im Krankenhaus angekommen, bin ich einen Moment lang ratlos. Wo soll ich ihn suchen? Die Frau am Empfang hilft mir weiter und schickt mich in die Gastroenterologie.

Als ich Marcs Zimmer betrete, geht plötzlich alles ganz schnell. Ich höre Schritte. Eilige, weibliche. Auf Schuhen mit hohen Absätzen. Diese Schritte kenne ich. Und natürlich die dazugehörige Stimme, die aufgeregt meinen Namen ausspricht.

«Ich suche Lona Mastroianni, ja, ich buchstabiere: L-O-N-A. Ja, ich weiß, dass das kein italienischer Name ist. Sie ist meine Nichte. Sie hat schreckliche Bauchschmerzen!»

Mein erster Reflex ist, mich in einem Schrank zu verstecken. So wie es die Helden in Filmen machen, wenn ihnen etwas sehr peinlich ist. Aber in diesem Krankenzimmer gibt es nur zwei Betten, keinen Schrank. Mir wird heiß und kalt. In meinen Ohren rauscht es, dann wird mir schwarz vor Augen. Wie aus weiter Ferne vernehme ich die Stimme der Krankenschwester: «Wann ist sie denn eingeliefert worden?»

Daraufhin Tante Graziella, vollkommen aufgelöst: «Meine arme *piccolina*! Vor zwei Stunden ist das wohl geschehen!»

«Vor zwei Stunden?», höre ich die Krankenschwester fragen. «Da wurde in der Tat jemand eingeliefert. Aber das war ein Mann!»

Nützlicherweise ergeht sich Tante Graziella daraufhin

in Verwünschungen von Ärzten, die doch angeblich immer alles wüssten, aber nicht mal den Unterschied zwischen einer Frau und einem Mann zu machen imstande sind, was mir etwa eine Minute Zeit verschafft. Völlig panisch überlege ich, wie es weitergehen soll. Da eine Minute nicht ausreicht, um einen anständigen Schlachtplan zu entwerfen, ziehe ich mich kurzerhand aus, werfe mich auf das freie Bett und ziehe das Laken über mich. Im nächsten Moment wird die Tür auch schon aufgerissen, und Tante Graziella steht vor mir. Sie breitet die Arme aus und stürzt auf mich zu. Mir schlägt das Gewissen, als ich sehe, was für Sorgen sie sich um mich macht.

«Es ist überhaupt nicht schlimm», versuche ich sie zu beruhigen. «Es tut auch schon gar nicht mehr weh!»

«Oh, meine tapfere Kleine!», schluchzt Tante Graziella. «Ich war so verzweifelt, als du mir sagtest, dass du es nicht mehr aushältst vor Schmerzen! Ich habe mir solche Vorwürfe gemacht!»

Auf einmal steht die Krankenschwester hinter ihr. Als sie mich in dem Bett erblickt, klappt ihr vor Überraschung der Mund auf.

Tante Graziella wirbelt zu ihr herum. «Und *die* haben Sie für einen Mann gehalten?!», fragt sie, wobei sie eine Strähne meiner Haare in die Höhe hält.

Die Krankenschwester schüttelt nur stumm und verwirrt den Kopf. Ich sehe, wie es in ihr arbeitet. Gleich, denke ich. Gleich ist es so weit. Dann sagt sie meiner Tante, dass ich eine Betrügerin bin und dass der wahre Patient ein ganz anderer ist. Aber die Krankenschwester taumelt bloß zurück und murmelt irgendetwas von

wegen, sie müsse auf der Stelle einen Arzt konsultieren. So bleich, wie sie aussieht, scheint sie eine Behandlung nötig zu haben.
Meine Gedanken rasen. Dieser Zwischenfall verschafft mir einen kleinen Aufschub. Bis der Arzt hier hereinschneit, vergehen sicherlich noch ein paar Minuten. Aber dann fällt mir ein, wer mir in diesem Moment noch weniger willkommen wäre als der Arzt: Marc!
Meine Tante drückt mich so fest, dass ich jetzt aufschreien würde, hätte ich tatsächlich ein Bauchproblem. Vorsichtshalber gebe ich einen Schmerzenston von mir. Daraufhin lässt sie mich erschrocken wieder los. «O Verzeihung *piccolina,* habe ich dir wehgetan?»
Ich schüttele den Kopf. «Nicht im Geringsten. Ich … äh … freue mich nur so, dich wiederzusehen!»
«Und ich mich erst!», bestätigt Tante Graziella. «Aber ich muss dir jetzt etwas gestehen!»
«Ah Tante!» Ich versuche, mich aufzurichten, was mir aber nicht gelingt, weil sie mich erneut in einer eisernen Umklammerung hält. «Ich möchte dir auch etwas gestehen!»
Ja, diese Farce muss ein Ende haben. Sofort!
«Nein, nein, erst bin ich dran!», stößt Tante Graziella hervor. «Ich habe etwas Schlimmes von dir geglaubt, *piccolina*! Ich dachte, dass du die Krankheit nur vortäuschst, um für heute frei zu bekommen!»
«Ehrlich?» Ich fühle, wie mir die Beine zittern. «Das äh … hast du wirklich geglaubt?»
In diesem Moment wird mir bewusst, dass wir nicht allein im Raum sind. Es gibt noch ein Bett in diesem Zimmer, und dort liegt jemand, der bis zu diesem

Augenblick den Kopf unter die Laken gesteckt hat. Jetzt richtet er sich mit einem Grunzen auf. Ich schreie vor Schreck. Es ist Antonios Freund, der Ex-Mafioso aus Neapel, Roberto. Und er blickt mich mit einem wahrhaft mörderischen Ausdruck in seinen Augen an.

29. August, 15:32h
An: lona.mastroianni@web.de
Betreff: !!!

Lona!!! Ich muss dich wohl nicht extra darauf hinweisen, dass du schon wieder diese verbotene Sache tust (Historicus Interruptus). Zum letzten Mal, du weißt, dass ich das nicht mag! Aber was viel schwerer wiegt: Ich bin extrem verwirrt! Wieso soll ich deinen Eltern gegenüber verschweigen, dass du im Krankenhaus liegst (grundlos, ist mir schon klar), wenn deine Tante Graziella dich dort sogar schon besucht hat? Sicherlich halten sie diese Krankenhausgeschichte nicht mehr für einen schlechten Scherz, wenn deine Tante ihnen im Detail berichten kann, wie du dort ausgesehen hast und in welchem Zimmer du liegst? Und was hat es jetzt mit diesem Mafia-Typen auf sich? Und wo bist du jetzt gerade? Um Aufklärung und Fortsetzung innigst bittend: Marie

29. August, 18:38h
An: lona.mastroianni@web.de
Betreff: Dringend

Liebe Lona, bitte ruf uns an, wenn du diese Mail erhalten hast! Wir versuchen, dich unentwegt zu erreichen, aber dein Handy ist ausgeschaltet, und auf deinem Blog schreibst du auch nichts mehr. Papa und ich haben soeben mit Tante Graziella gesprochen. Mama

29. August, 18:57h
An: jytte@web.de
Betreff: AW: Dringend

Hallo Mama, ich habe gerade ein paar Probleme mit meinem iPhone, aber sonst geht es mir Zucker! Das, was Tante Graziella euch erzählt, hat mit dieser Wette zu tun, von der ich euch schrieb. Ihr dürft einfach nicht glauben, was sie sagt, und schon habt ihr gewonnen! Ich mache mir einfach ein paar schöne Tage hier auf Lipari, da gibt es nette Läden und sogar ein archäologisches Museum. Ich hoffe, euch geht es ebenso gut wie mir! Dicker Kuss, eure Lona

29. August, 19:12h
An: marie.krueger@gmx.de
Betreff: AW: !!!

Hallo Süße, ich will jetzt nicht mitleidig klingen, aber ich sitze hier immer noch fest. Falls du dich wunderst, warum ich dir meine Erlebnisse der letzten Tage so minutiös schildere: Die ganze Geschichte ist mittlerweile so vertrackt, dass ich mich kaum noch selbst damit auskenne. Jedem habe ich eine andere Version erzählt. Und nur du kennst die Wahrheit. Und du sollst nicht nur wissen, was passiert ist, sondern auch, wem ich was erzählt habe und warum.
Wo war ich stehengeblieben? Ach ja, beim Spannungsdreieck Roberto, Tante Graziella und ich. Erst habe ich geschrien, dann hat Tante Graziella sich erschrocken und ebenfalls geschrien. Und Roberto, der nur zwei schreiende Frauen sieht, darunter eine, die ihm vor noch nicht allzu langer Zeit deutlich zu verstehen gegeben hat, dass er nicht ihre Kragenweite ist, vermutet offenbar das Böse im Raum und beginnt ebenfalls zu schreien. Daraufhin stürzt erneut die Krankenschwester in den Raum. Sie wird auf der Stelle wütend. Was ihr denn einfallen würde, hier so einen Aufstand zu veranstalten, fährt sie Tante Graziella an? Ob sie denn nicht sähe, dass hier zwei Kranke lägen? Wie könne sie dann bloß so brüllen? Daraufhin wird auch Tante Graziella wütend. Sie verlangt, dass ich augenblicklich in ein Zimmer gebracht werde, in dem keine lüsternen Männer auf mich warteten. Was Roberto wiederum dazu veranlasst, Tante Graziella auf die Existenz seiner Freunde

aus Neapel aufmerksam zu machen, und sie zu bitten, den Raum zu verlassen, wenn ihr das Überleben ihrer Pizzeria lieb wäre. Leider kommt Tante Graziella nicht mehr dazu, meinem mafiösen Bettnachbarn zu erklären, dass es sich bei ihrem Edelristorante mitnichten um eine Pizzeria handelt, denn die Krankenschwester packt sie bereits am Arm und zerrt sie hinaus.
Und dann passiert das, wovor ich die ganze Zeit die größte Angst gehabt habe: Marc kommt herein.
Er sitzt in einem Rollstuhl, und ich erkenne ihn fast nicht wieder, weil er so gekrümmt dasitzt und vollkommen bleich und panisch aussieht. Diese schlimme Sache hat nur einen winzigen Vorteil: Er sieht in mir auch nicht das Mädchen, das er kennt. Nun hat er mich ja schon in den unmöglichsten Verunstaltungen erlebt, aber halbnackt in einem Krankenbett (seinem!) ist ja nochmal verschärft. Und bevor er auch nur den Hauch einer Chance hat zu begreifen, was hier vor sich geht, springe ich aus dem Bett und flitze an dem Pfleger vorbei. «Eh!», ruft der mir hinterher. «Sofort stehenbleiben! Was haben Sie in diesem Bett gemacht?»
Alles, was ich darauf antworten kann, wird meine Lage nur noch verschlimmern. Also presse ich mir bloß meine Klamotten vor die Brust und presche davon. Jemand greift nach meinem Arm, ich sehe aufgerissene Münder und erschrockene Augen um mich herum, mein Herz hämmert zum Zerbersten – und dann habe ich es geschafft. Ich stehe draußen vor der Tür.
Ich renne zum erstbesten Taxifahrer, der mich anstarrt, als hätte er eine Erscheinung. Mit einem Surren schließt sich sein Wagenfenster, und hinter der Scheibe gibt er

mir zu verstehen, dass er wahnsinnige oder ansteckende Patienten nicht mitzunehmen gedenkt. Aus dem Augenwinkel sehe ich, wie sich mir ein Weißkittel nähert.
Nur noch wenige Sekunden, und ich bin verloren. Ich blicke an mir hinab. Mit meinen wirren Haaren, nur in Unterhose und BH gekleidet, bin ich vermutlich ein Fall für die Geschlossene. Ich beginne also den Sprint meines Lebens.
Erst die irre Mofa-Fahrt mit Stefano, jetzt diese Flucht, für die mir Herr Bremer sicherlich eine Leichtathletik-Eins gegeben hätte – dies ist ganz offensichtlich der Tag für Geschwindigkeitsüberschreitungen aller Art …
Nachdem ich mich weit genug vom Krankenhaus entfernt habe, finde ich eine aus losen Steinen zusammengesetzte Mauer, hinter der ich mich umziehen kann. Und auf einmal falle ich zusammen wie ein missratenes Soufflé. Als das Tante Graziella mich zweifellos beschimpfen würde, wenn sie wüsste, was für eine schreckliche Farce ich ihr vorgespielt habe. Es tut mir so leid, dass ich eigentlich nur ein Bedürfnis habe: an den Hafen hinunterzulaufen, das nächste Boot nach Salina zu nehmen und ihr alles zu gestehen. Aber damit würde ich meine Lage nur noch verschlimmern. Das, was ich ihr heute angetan habe, könnte sie mir niemals verzeihen! Dann fliegen meine Gedanken wieder zu Marc. Der Ärmste sah wirklich nicht gut aus.
Und auf einmal wird mir sonnenklar, was ich zu tun habe. Ich habe ja keine andere Wahl. Ich muss hier auf Lipari bleiben, zumindest für die nächsten drei, vier Tage oder so. Bis ich sicher weiß, dass Marc die OP gut

überstanden hat. Bis ich mit ihm einmal geredet habe. Bis ich endlich mehr über ihn erfahren habe.
In der Zwischenzeit kann ich Tante Graziella in dem Glauben lassen, dass ich noch im Krankenhaus bin. Da sie vorhin sehr offensichtlich vor die Tür geschickt wurde, nehme ich an, dass sie jetzt Hausverbot hat. Im Blog kann ich vorerst nichts mehr berichten, versteht sich.

Marc ist inzwischen operiert worden, er schläft viel, und ich habe den Eindruck, es geht ihm gut. In den Wachmomenten, die wir miteinander teilen, reden wir allerdings weniger denn je. Noch immer ist er ein großes Rätsel für mich. Ich habe nur erfahren, dass er schon zweiundzwanzig ist. Reichlich jung für einen Doktor der Vulkanologie. Und nicht nur, dass er selbst so geheimnisvoll ist, er scheint auch bei anderen Geheimnisse zu mögen. Gestern bat er mich, in der Krankenhausbücherei nachzusehen, ob es dort Romane von John le Carré oder Stella Rimington gäbe, den beiden ehemaligen Größen des britischen Geheimdienstes.
Ich selbst fröne natürlich auch der Geheimniskrämerei und gehe nur verkleidet dorthin. Schließlich kann ich nicht riskieren, dass dieser Roberto oder die Krankenschwester mich erkennt.
Mit Tante Graziella habe ich nicht mehr gesprochen. Ich habe ein sehr schlechtes Gewissen, wenn ich daran denke, aber ich habe ihre Anrufe einfach ignoriert. Hoffentlich erinnert sie sich daran, dass man in einem Krankenhaus keine Mobiltelefone benutzen darf. Von meinen Eltern weiß ich, dass sie nach ihrem Rauswurf

nach Salina zurückgekehrt ist. Schließlich hat sie bis zum Saisonende keinen Tag mehr frei. Und was es heißt, wenn Tante Graziella ausfällt, wurde ja deutlich, als sie und ich im Wespenstreik waren. Die Mehrarbeit hat der Rest der Familie kaum bewältigen können. Meine arme Tante! Bestimmt denkt sie noch immer, dass ich vor Schmerzen kaum atmen kann! Ich hoffe von Herzen, dass ich das alles wiedergutmachen kann! Jetzt geh ich vor die Tür, in der Hoffnung, irgendetwas zum Essen aufzutreiben. Allmählich dämmert es draußen ...
Ich hoffe, es geht dir gut! Wann kommst du denn jetzt eigentlich? L.

29. August, 19:42h
An: lona.mastroianni@web.de
Betreff: RE: AW: !!!

Liebe Lona, so langsam begreife ich die Tragödie in ihrem vollen Ausmaß! Ich kann dir nur raten: Schreib im Blog über Lipari, und zwar so, als wärest du dort bloß normale Touristin! Beschreib, wie es dort aussieht und in welche Läden man so geht. Das macht es für deine Eltern glaubhafter, dass du nicht im Krankenhaus liegst! Und für den unwahrscheinlichen Fall aller Fälle, dass deine Verwandten auf Salina jemanden beauftragen, der ihnen deine Einträge übersetzt, kannst du immer noch behaupten, dass du deine Eltern nicht beunruhigen wolltest und nur so getan hast, als wärest du als Touristin auf Lipari unterwegs ...
Ich plane jetzt meine nächsten Wochen und sage dir Be-

scheid, sobald ich Näheres weiß! Es gibt da noch etwas, was ich dir sagen muss, aber es ist nicht sicher, darum warte bitte noch ein bisschen ab …! Deine Marie

29. August, 22:04h
An: marie.krueger@gmx.de
Betreff: die noch nicht sichere Sache

Oh, mein Gott, sag bloß, da ist was Kleines unterwegs!! Wissen es deine Eltern schon? Hast du es deinem Süßen erzählt? Und kann ich bitte Patentante werden? Eigentlich bist du mit achtzehn ja noch ein bisschen jung, aber gut! No risk, no fun! Wow, hat eigentlich irgendwer am Ereignisbeschleuniger gedreht? Ich habe gerade das Gefühl, dass das, was uns in den letzten Wochen passiert ist, anderen Menschen nicht in zehn Jahren geschieht! Drücke dich und freue mich wie wild!
Deine Lona

29. august, 23:17h

So, ihr Lieben, da bin ich wieder. Musste beim letzten Mal ein bisschen abrupt enden, was dem Chaos der nachfolgenden Ereignisse geschuldet ist. Aber um die Geschichte abzukürzen: Ich habe die restliche Motorino-Fahrt ohne körperliche Verletzungen überstanden, (der ortsansässige Trauma-Therapeut hatte einiges zu tun), und jetzt mache ich mir hier ein paar Ferientage inklusive Shopping und Nachtleben. Und natürlich habe ich auch Marc wiedergetroffen, von dem ich jetzt weiß, dass er Vulkanologe ist. Leider hatten wir noch nicht sonderlich viel Gelegenheit, über dieses faszinierende Studienfach zu sprechen, da er immer sehr beschäftigt ist.

Vor meiner Abfahrt von Salina hatte ich mit Tante Graziella übrigens noch ein merkwürdiges Gespräch. Sie meinte, mein Vater sei als Kind extrem leichtgläubig gewesen und sei es ihrer Meinung nach immer noch. (Sie konnte diese These mit ein paar Beispielen stützen, die ich hier aber nicht wiedergeben möchte, schließlich möchte ich mit diesem Blog nur den Schutzraum meiner eigenen Privatsphäre verletzen und nicht den meiner Eltern.) Also, jedenfalls habe ich zu meiner Tante gesagt: «Ich wette dagegen, dass mein Vater leichtgläubig ist!» Daraufhin sie: «Va bene, die Wette gilt!» Und dann hatte sie diese abgefahrene Idee, meinen Eltern erzählen zu wollen, ich wäre auf Lipari im Krankenhaus. (Da sie die Fahrkünste der jungen Wilden von Lipari à la Stefano kennt, war die Einschätzung, ich könnte im Krankenhaus landen, vermutlich gar nicht so falsch.) Jedenfalls ist jetzt schon klar, dass ich die Wette verloren habe, denn meine Eltern haben Tante Graziellas zweifellos temperamentvolle Schilderungen von ihrem Besuch an meinem Krankenbett kritiklos geschluckt. Ich fühle mit ihnen und würde genauso reagieren. Es ist ja auch schwer vorstellbar, dass ein Verwandter sich solch derbe Späße erlaubt.

Lipari ist hübsch wie eine Frau, die es allerdings mit der Schminke etwas übertrieben hat. Außerhalb der Burgmauern von Lipari-Stadt sind für meinen Geschmack zu viele neue Häuser entstanden, und auch das Geglitzer abends sieht verwirrend jetztzeitig aus. Das kratzt etwas am antiken Charme. Die Insel ist schon vor fünftausend Jahren besiedelt worden – unvorstellbare Zeitspanne, oder? Und was haben die ersten Bewohner getan? Nicht etwa den aufrechten Gang geprobt oder einfach nur Tiere gejagt, nein, ein Millionärsdasein war ihr Ziel. Vulkanglas haben sie abgebaut, was früher in etwa so wichtig war wie heute Erdöl. Damit kann man die ersten Insulaner entwicklungstechnisch gut und gern auf eine Stufe mit den alten Ägyptern und Sumerern stellen. Obwohl … sie haben keine eigene Schrift entwickelt. Der Punkt geht also doch an die Pyramidenerbauer und Co.

Es gibt aber auch ganz ursprüngliche, wild duftende Ecken auf der Insel. Kapernbüsche wuchern als Unkraut an rissigen Mauern. Der Sand an den Stränden ist mit unglaublich bunten Steinen gemischt, Marmor, Lavaglas und Steinschaum, ein heiteres Miteinander in Ocker, Violett und Grün. Nahe der Küste tanzen Bimssteine auf den Wellen.

Jahrhundertelang haben Piraten die Insel überfallen, um das Vulkanglas abzuzocken, was die hohen Mauern um den Burgberg erklärt. Aber seit dem 18. Jahrhundert wurde es ein bisschen ruhiger an der Augenklappenfront, und so sind die Inselbewohner allmählich von ihrem Berg heruntergekommen und haben sich über das Eiland verteilt.

Ich wohne mit ein paar netten jungen Leuten in einem großen, schönen Haus. Tagsüber gehe ich schwimmen, abends spazieren. Dort, wo die Tragflügelboote anlegen, an der kleinen Bucht, liegt die Piazza Sant'Onofrio mit ihren Bars und Cafés. Von hier aus kann die geneigte Touristin zur kleinen Kirche auf der Mole hinüberblicken, die abends angestrahlt wird (das meine ich mit zu viel Schminke ...), oder die Via Garibaldi hinaufschlendern. Auch diese Straße glänzt abends mit bunten Beleuchtungen, was bei diesem Straßennamen vermutlich so etwas wie eine patriotische Pflicht ist. Garibaldi war schließlich einer der wichtigsten Männer des *risorgimento*, jener Bewegung, die im 19. Jahrhundert den italienischen Nationalstaat anstrebte.

Oben auf dem Burgberg angelangt, öffnet sich eine breite Freitreppe zur Kathedrale hinauf. Wenn man sich dann umdreht, liegt einem die ganze Stadt zu Füßen. Ich bin unendlich gerne hier.

29. August, 23:42h
An: marie.krueger@gmx.de
Betreff: Mein 1A-Vorstellungsvermögen

Jetzt beneide ich mich selbst. Ist es wirklich so schön hier? Und warum, verdammt nochmal, kann ich es dann nicht sehen?!

30. August, 00:16h
An: lona.mastroianni@web.de
Betreff: AW: Die noch nicht sichere Sache

Okay, *jetzt* mache ich mir Sorgen um dich! Dein 1A-Vorstellungsvermögen ist wirklich beängstigend, Lona. Und ich meine jetzt nicht die Reisebeschreibung auf deinem Blog, die erschreckend glaubwürdig wirkt. Ich meine vielmehr, dass ich *nicht schwanger bin*! Und ich werde es in absehbarer Zeit auch nicht sein! Wie kommst du nur auf solch einen Unsinn?
Über die Erwähnung deines «Nachtlebens» habe ich übrigens sehr gelacht! Worin bestand es? Hast du dich als Krankenschwester verkleidet? Wusste ja gar nicht, dass du Phantasien in dieser Richtung hast …!
Würde übrigens gern mit dir reden. Gibt es eine Festnetznummer, unter der ich dich morgen erreichen kann? Kannst du mir die smsen? Auf deinem Auslandshandy anzurufen, gibt mein Budget leider nicht her! Bis später, und mach keine Dummheiten mehr!
Marie

30. August, 11:07h
An: lona.mastroianni@web.de
Betreff: Unser Gespräch eben

Liebe Lona, es tut mir leid, dass unser Gespräch eben so gelaufen ist. Es tut mir leid, dass ich jetzt nicht mehr zu dir komme. Es tut mir leid, dass du nicht mehr mit mir reden willst. Aber es tut mir nicht leid, dass ich

Lennart kennengelernt habe und mein Leben jetzt anders verläuft, als du es dir vielleicht gewünscht hättest.
Marie

31. August, 19:12h
An: lona.mastroianni@web.de
Betreff: Hallo?

Lona? Wo bist du? Geht es dir gut?

31. August, 22:17h
An: marie.krueger@gmx.de
Betreff: AW: Hallo?

Ehrlich gesagt, nein. Mir geht es nicht gut. Ich hänge ein bisschen in der Vergangenheit. Ich sehe zwei Mädchen, die jede freie Minute damit verbringen, ihre Weltreise zu planen. Die Erdkunde-Leistungskurs wählen, weil sie denken, sie würden dabei etwas über die Länder erfahren, die sie erobern wollen. Und ich sehe dich vor mir, wie du diesen beleuchtbaren Globus drehst, den du zur Konfirmation geschenkt bekommen hast. Wir haben das Licht im Zimmer gelöscht, es ist drei Uhr morgens, wir sind müde, aber gleichzeitig total aufgeregt, weil wir vor dem Globus sitzen und alles ansehen und sagen: Hier! Dieses Land! Und das da!
Alles gehört uns.
Und jetzt bin ich allein. Ich meine, das bin ich seit Beginn der Reise. Nur: Ich habe mich nie allein gefühlt. Ich

wusste, dass du nachkommst. Oder vielmehr: Ich habe es angenommen. Ich habe es mir gewünscht.
Marie, es tut mir nicht leid, dass du Lennart kennengelernt hast. Das habe ich auch mit keinem Wort gesagt. Ich freue mich, dass du so glücklich bist. Dass du jemanden gefunden hast, den du liebst und der dich liebt. Und ich drücke dir die Daumen, dass das mit dem Studienplatz in Hamburg jetzt klappt. Und doch bin ich traurig. Kannst du das nicht verstehen?

01. September, 00:05h
An: lona.mastroianni@web.de
Betreff: Deine Mail

Lona, ich weiß nicht, was ich sagen soll. Eigentlich warst du immer diejenige, die reisen wollte. Die sich die Routen ausgedacht hat. Von Sizilien nach Afrika. Quer durch den ganzen Kontinent bis in den Süden. Dann deine geplante Südpolexpedition. Was haben wir am Anfang gelacht, als wir uns vorstellten, wie uns die Mascara an den Wimpern zu schwarzen Eiszapfen gefriert! Und dann war es dir plötzlich ernst. Du wolltest ein weiblicher Amundsen werden. Hast für die Kälte trainiert. Hast geprüft, wie lang du ohne Nahrung auskommen kannst. Bist mitten im Winter zehn Stunden lang spazieren gegangen, nur um zu gucken, ob du das kannst. Ich glaube, da habe ich bemerkt, dass du dich für Abenteuer besser eignest. Dass du keinen Urlaub planst. Sondern, dass du wirklich hinaus willst in die Welt. Die große Reise, die Jahrestournee – das war seit Jahren

deine Idee. Ich bin dir gefolgt, so wie ich dir immer gefolgt bin, dir meiner schönen, wilden, verrückten Freundin. Dir Funkelstein.
Und jetzt wünsche ich dir, dass dir nichts zustößt. Dass du das findest, was du suchst. Vielleicht schaffen wir es ja doch noch eines Tages, dass wir gemeinsam auf Reisen gehen. In Gedanken begleite ich dich schon jetzt.

01. September, 11:15h
An: lona.mastroianni@web.de
Betreff: Windstille

Liebe Lona, das Krankenhaus ist ohne dich beängstigend ruhig geworden. Niemand mehr, der sich mit schwarzer Perücke (woher hattest du die eigentlich?), baumelnden Ohrringen und bunten Schals an mein Bett setzt und so tut, als könne er mir aus der Hand meine medizinische Zukunft lesen. Niemand, der unter einem billigen Vorwand davonläuft, weil mein Bettnachbar, ein heiterer Mensch aus Neapel, den Raum betritt. (Ja, ich weiß, dieser Roberto ist nicht so harmlos, wie er scheint, und dass du dich vor ihm verstecken musst, hast du mir ja jetzt erklärt. Übrigens ist er heute auf sein Drängen hin entlassen worden, angeblich gab es irgendetwas, das er auf Salina dringend erledigen musste, weißt du mehr?)
Ja, und niemand, dem ich so gern zuhöre wie dir. Und jetzt drohe ich vor lauter Langeweile einzugehen. Was rätst du mir zu tun?
Marc

01. September, 15:08h
An: marc_bueffel@aol.com
Betreff: AW: Windstille

Ich rate dir, dich umgehend mit einer gewissen Lona Mastroianni in Verbindung zu setzen. Es scheint, dass sie gewillt wäre, sich auch andere Verkleidungen auszudenken. Was die meteorologischen Bedingungen rund um Lipari anbelangt, muss ich dich jedoch enttäuschen. Die derzeit herrschende Flaute kann auch sie nicht beeinflussen, dafür sendet sie dir aber gewaltige Genesungswünsche über das Wasser. Und einen Gedanken: dass wir uns vor deinem Rückflug noch einmal wiedersehen …

---

01. september, 22:07h

Freunde des guten Webgeschmacks, ich melde mich zurück von Salina! Die geruhsamen liparischen Tage liegen hinter mir, heute musste ich wieder an die schmutzigen Töpfe ran. Gleichzeitig liegt ein Hauch von Abschied in der Luft, noch drei Wochen, und dann ziehe ich weiter. Tunesien heißt mein nächstes Ziel. Von da aus möchte ich gern nach Mosambik. Ob mit Zug oder Flugzeug, weiß ich noch nicht. Vielleicht miete ich mir auch ein Auto. Es wird sich bestimmt seltsam anfühlen, wieder allein zu sein, nach all den Wochen Riesenfamilie, Wespentrubel und Besucheransturm. In meiner Abwesenheit scheint es hier weiterhin hoch hergegangen zu sein. Cousin Giuseppe (der aus Malfa) hat sich in einen deutschen Gast verliebt (einen weiblichen). Und der Gast in ihn. Es hätte eine wunderschöne Love-Story werden können, wäre der Gast nicht verheiratet gewesen, und zwar mit einem Freund von Roberto, dem mafiösen Kumpel von Antonio aus Neapel. Tante Graziella und ich haben ausgerechnet, dass Giuseppe und ich genau aneinander vorbeigefahren sind, als er per Motorboot nach Lipari ins Krankenhaus gefahren wurde (das sehr gut sein soll). Heute ist ihm die Nase gerichtet worden, und Tante Graziella, die aus irgendeinem Grund Besuchsverbot im Krankenhaus von Lipari hat, zettelt zur Stunde einen Aufstand an, um doch noch hineinzugelangen. Bin jedenfalls schon gespannt, was sie erzählen wird, wenn sie heute Abend zurückkommt.

Antonio scheint derweil beschlossen zu haben, die Inneneinrichtung seiner Bar antizyklisch zu behandeln. Statt wie alle anderen im Frühjahr die Möbel aufzupolieren oder neues Geschirr anzuschaffen, hat er es jetzt zum Ende der Saison getan. Die Oberfläche seiner Bar ist nun aus Glas und kann in wechselnden Farben beleuchtet werden, und die Barhocker davor sind eine elegante Mischung aus Leder und Chrom. Antonio behauptet, dass es seine Gäste fröhlicher stimmen würde, wenn er ihnen den Abschied von den Inseln mit geschmackvollen Einrichtungsgegenständen versüßen würde, aber ich glaube, die meisten Leute haben eher das etwas heruntergekommene sizilianische Ambiente der Bar geschätzt. Ich weiß nicht, woher Antonio plötzlich das Geld für die luxuriöse Grunderneuerung seines Arbeitsplatzes hat, aber es ist schon ein bisschen seltsam zu sehen, wie er im Alleingang das italienische Bruttoinlandsprodukt zu steigern versucht.

Onkel Lorenzo scheint dieses Vorgehen jedenfalls zu allerlei finanziellen Planspielen inspiriert zu haben. Kurz nach meiner Rückkehr zitiert er mich zu sich ins Büro, vor sich ein Stapel Papiere und ein metallenes Ungetüm. «Mein Taschenrechner», erklärt er.

Ich bekunde mein Vergnügen. «Lona, angenehm.»

Doch Onkel Lorenzo ist nicht in Stimmung für Scherze. «Er hat seinen Geist aufgegeben. Ich kann nur von Glück sagen, dass du jetzt wieder da bist!»

Ich frage ihn, inwiefern eine Achtzehnjährige sein museales Stück ersetzen kann, ahne die Art der Antwort jedoch schon.

«Wie viel sind 21072 minus 46 % von 21072?», fragt Onkel Lorenzo in etwa so beiläufig, als ginge es um die Erkundung des Wetters draußen. «Von diesem Ergebnis zieh bitte nochmal 19 % ab. Und ich brauche die einzelnen Rechenschritte.»

Ich muss lachen. «Toll, dass du mir diese Leistung zutraust! Aber danke … nein.»

«Das ist kein Angebot, das ich dir da unterbreite.» Onkel Lorenzo erwidert mein Lächeln nicht. Stattdessen beäugt er mich misstrauisch. «Ich denke, du hast Abitur gemacht?»

«Schuldig im Sinne der Anklage. Hör mal, Onkel Lorenzo, ich bin wirklich geschmeichelt, dass du mich für fähig hältst, so etwas mal eben im Kopf auszurechnen. Aber ich kann das nicht. Meine mentalen Fähigkeiten geben das nicht her.»

«Was genau hast du auf deiner Schule eigentlich gelernt?»

Ich beschließe, diese Frage als eine rhetorische abzutun, und verziehe mich. Worum bittet mich Onkel Lorenzo als Nächstes, frage ich mich? Den Nachweis der Relativitätstheorie? Immerhin erweise ich ihm den Gefallen, die Rechnung später am Laptop auszuführen, schließlich gibt es ja auch dafür ein Programm. Ja, ja, ich weiß, wir jungen Leute können alle nicht mehr kopfrechnen, aber ich für meinen Teil stehe dazu. Denn ich weiß zwar immer noch nicht, was das Ziel ist, aber Mathe heißt es sicher nicht. (Ein anderer schöner Satz in diesem Zusammenhang: I don't remember the question, but the answer is love ... Ja, ich mag die einfachen Antworten im Leben. Sie sind selten genug.)

Okay, genug der Wirrheiten. Der weibliche, deutsche Gast, dem Giuseppes noch immer flammende Liebe gilt, hat heute einen ganzen Packen deutscher Zeitschriften und Zeitungen ins Foyer gelegt, damit will ich es mir jetzt in meinem Zimmer gemütlich machen. Muss schließlich wissen, ob es in der Welt noch mehr gibt als kopfrechenvernarrte Familienangehörige, Inseln und Pensionen. Ich tippe Ja.

02. September, 06:37h
An: marc_bueffel@aol.com
Betreff: Das Kreuz mit dem Kreuz

Lieber Marc, im Krankenhaus kann man schon mal seine Würde verlieren (ich spreche da aus Erfahrung), aber sein iPhone? Oder die Fähigkeit zurückzuschreiben?
So etwas ist höchst unschön. Ich kann das nicht akzeptieren! Übrigens habe ich gestern erfahren, dass am kommenden Sonntag in deinem Bundesland gewählt wird! Ich muss sagen, dass ich dich darum beneide. Ich habe noch nie wählen dürfen. Und jetzt, wo ich es endlich darf, bin sowohl ich selbst als auch die nächste Wahl weit weg. Ungerecht so was! Also: Weißt du schon, wem du deine Stimme gibst?
Ungeduldig auf ein Lebenszeichen von meinem Lieblingskranken wartend: Lona

02. September, 09:37h
An: lona.mastroianni@web.de
Betreff: AW: Das Kreuz mit dem Kreuz

Liebe Lona, das iPhone haben sie mir immer noch nicht abgenommen, obwohl ich mich viel zu ausführlich damit beschäftige, vor allem in der Hoffnung auf Nachrichten von dir. Und wählen tue ich nicht. Marc

02. September, 15:22h
An: marc_bueffel@aol.com
Betreff: RE: AW: Das Kreuz mit dem Kreuz

Ja, was ist das denn für eine Antwort?! Die wirft ja tausend neue Fragen auf! Das Geheimnis, warum du gelehrter Mensch nicht wählen gehst, musst du mir aber mal ganz schnell verraten, sonst platze ich vor Neugier, und das willst du sicherlich nicht! Allerdings habe ich da jetzt ein paar Theorien:

- Du bist Anarchist.
- Du wünschst dir eine Bildungs-Oligarchie, die mit unserer Staatsform nicht zu vereinbaren ist.
- Du wurdest mal in einer Wahlkabine überfallen und bist seitdem traumatisiert.
- Du warst mal selbst Politiker und hast den faulen Zauber enttarnt.

Bei welcher dieser vier Wahlmöglichkeiten würdest du dein Kreuz setzen? Und warum wartest du auf Antworten von mir, wenn du mir doch überhaupt nicht schreibst?!
Bitte um eine rasche Lösung all dieser drängenden Fragen, sonst drehen sich meine rastlosen Gedanken bei der Abendschicht im Kreis! Und was dann passiert, kannst du dir sicherlich leicht ausmalen. Ich könnte mal wieder Hamster servieren …

02. September, 17:03h
An: lona.mastroianni@web.de
Betreff: RE: RE: AW: Das Kreuz mit dem Kreuz

Liebe Lona, das mit dem Hamster war ja seinerzeit mein Vorschlag, von deiner Seite aus hast du alles richtig gemacht. Und ich antworte dir nicht immer gleich, weil ich manchmal nicht weiß, was ich dir schreiben soll. Wählen kann ich nicht, obwohl ich es gerne täte. Marc

02. September, 22:12h
An: marc_bueffel@aol.com
Betreff: Dürreperiode

Lieber Marc, geht es noch trockener? Dass wir Windstille haben, reicht dir offenbar nicht.

02. September, 00:12h
An: lona.mastroianni@web.de
Betreff: AW: Dürreperiode

Liebe Lona, es tut mir leid, wenn ich dir gerade nicht mehr sagen oder schreiben kann. Ich denke im Moment sehr viel nach. Marc

03. September, 23:10h
An: marie.krueger@gmx.de
Betreff: AW: Deine Mail

Liebe Marie, es ist spät am Tag, zu spät, um nach dem Einsatz in vier Küchenwänden noch halbwegs gerade Sätze zustande zu bringen, ich bin spät dran mit meiner Antwort an dich, zu spät vielleicht, um dich nicht noch mehr zu verärgern, als ich es ohnehin schon getan zu haben scheine, und überhaupt: *Zu spät* sind die Worte der Stunde. Es ist zu spät, um erneut gemeinsame Reisepläne zu schmieden. Wir beide werden nie zusammen reisen, nicht nach dem, was du mir geschrieben hast. Der Zug ist abgefahren. Außerdem ist es zu spät für … egal.
Ich weiß nicht, ob du noch meinen Blog liest, aber wenn ja, dann muss ich dir wohl nicht beschreiben, wie ich hier gerade sitze, bei Antonio an der Bar. An den Tischen hinter mir lärmt und dröhnt es vor lauter Leben, eine Gruppe von italienischen Touristen sitzt beisammen und lässt eine Wanderung in die Berge noch einmal Revue passieren. Der gläserne Tresen taucht sie alle in ein blaues, ungesund aussehendes Licht. Und ich bin allein.

03. September, 23:16h
An: lona.mastroianni@web.de
Betreff: RE: AW: Deine Mail

Nein, das bist du nicht, Süße. Niemand ist allein, und du schon gar nicht, nicht du, mein wirbeliger Sonnenschein! Ich bin so froh, dass du mir antwortest, ich hatte Angst, dass wir uns nie wiedersehen würden, dass du mich nie wieder sprechen wolltest, ich habe mir schreckliche Vorwürfe gemacht! Haben deine Tage auf Lipari eigentlich noch ein Nachspiel gehabt?
Und wofür ist es noch zu spät? Bitte sprich mit mir!

03. September, 23:22h
An: marie.krueger@gmx.de
Betreff: Die einzige Konstante im Leben ist ständige Veränderung

---

Ach, vergiss meine Zeilen von eben, ich bade gerade in Selbstmitleid! Schlimm, schlimmer, kindisch. Es ist zu spät für Marc, wollte ich sagen. Die Tage auf Lipari haben ihn mir nähergebracht, mich aber nicht ihm … Tante Graziella hat über die Krankenhaus-Episode zum Glück kein Wort mehr verloren. Ich glaube, die nachfolgenden Ereignisse um Giuseppe und seine kaputte Nase haben sie den Vorfall mit mir wieder vergessen lassen. Geht es dir gut? Was ist mit deinem Studienplatz? Hast du schon eine Antwort gekriegt?

03. September, 23:26h
An: lona.mastroianni@web.de
Betreff: AW: Die einzige Konstante im Leben ist ständige Veränderung

---

Ja, ich habe den Studienplatz – die Zusage ist gestern in der Post gewesen. Und jetzt weiß ich schon wieder nicht, ob es das Richtige ist … Ich vermisse dich, Lona. Ansonsten geht es mir gut. Aber ich vermisse dich. Echt.

03. September, 23:31h
An: marie.krueger@gmx.de
Betreff: RE: AW: Die einzige Konstante im Leben ist ständige Veränderung

---

Ich dich auch.

08. september, 09:12h

Etwas Unglaubliches ist passiert: Gestern beim Abendessen mit Cousine Antonella und den drei Giuseppes, Tante Graziella, Onkel Stefano, Onkel Lorenzo, Großvater und Großmutter hat Großmutter einen ihrer plötzlich auftretenden Anfälle von Autorität gehabt, ähnlich wie damals, als sie mir den Befehl erteilte, mit meinem 76-jährigen Großvater einen 960 Meter hohen Gipfel zu erklimmen. Sie fand, dass wir alle zusammen nach Panarea fahren sollten, weil sie nämlich seit 1962 nicht mehr dort gewesen ist, und dass wir als Familie dorthin fahren sollten, auf einen Familienausflug! Nun liegt Panarea nicht gerade am anderen Ende der Welt. Panarea ist die Nachbarinsel von Salina. Umso erstaunlicher, dass Großmutter dort schon seit Jahrzehnten nicht mehr war, aber Großmutter findet es eben am schönsten daheim. Ja, und da hat keiner widersprochen. Und nun ist es abgemacht: Am nächsten Sonntag reisen wir alle dorthin!

08. September, 10:13h
An: lona.mastroianni@web.de
Betreff: Alle sieben Inseln

Liebe Lona, wenn ich richtig gerechnet habe, fehlt dir nach dem Panarea-Besuch nur noch eine einzige Insel im liparischen Archipel, und das ist Stromboli. Wie du bestimmt weißt, ist das die schönste Insel, zumindest wenn man Vulkanfan ist! Alle paar Stunden spuckt der Krater Lava aus, nachts schießt es feuerglänzend in den Himmel, und wenn man im Ristorante darunter sitzt, kann man so etwas Teuflisches wie Pizza Diavolo essen, und dann ist das Höllenerlebnis perfekt!
Findet jedenfalls Marc
Der nicht mehr so viel denkt.

08. September, 15:13h
An: marc_bueffel@aol.com
Betreff: AW: Alle sieben Inseln

Lieber Marc, falls das italienische Fremdenverkehrsamt dich noch nicht auf seiner Gehaltsliste stehen hat, so sollte es das dringend nachholen, besser könnte dort niemand solch einen Reisevorschlag formulieren! Ja, mal sehen, ob ich für Stromboli noch Zeit finde, dann mache ich das vielleicht. Übrigens hast du mir immer noch nicht erzählt, warum du nicht wählen gehen konntest. Überhaupt hast du mir so gut wie nichts über dich erzählt. Der Hamster meines kleinen Bruders ist mir vertrauter als du.

08. September, 15:21h
An: lona.mastroianni@web.de
Betreff: Schon wieder Hamster?

Liebe Lona, ich gebe zu, dass ich mich manchmal nicht sehr deutlich ausdrücke. Gute Briefe oder Mails zu formulieren, ist nicht so meine Stärke. Also nochmal mit Schwung: Wollen wir zusammen für ein paar Tage nach Stromboli fahren? Hast du Zeit? Und vor allem: Hast du Lust … mich wiederzusehen?
Übrigens, auch wenn ich nicht wählen konnte (zur Erklärung: Ich habe einen polnischen Pass), so habe ich doch zumindest die Wahlsendungen geguckt.

08. September, 15:27h
An: marc_bueffel@aol.com
Betreff: AW: Schon wieder Hamster?

Wahlsendungen, Wahnsinn, ich *liebe* Wahlsendungen! Vergangenes Jahr habe ich sie stundenlang mit meiner Freundin Marie geguckt! Als der dunkelhaarige Typ in der ARD die Sitzverteilung in kuchenähnlichen Graphiken präsentiert hat, habe ich mich ein bisschen wie als Kind vor der Bescherung gefühlt. Nur, dass ich nicht das Geschenk bekommen habe, das auf meiner Wunschliste stand. Von dem dunkelhaarigen Typ, meine ich. Am schönsten war es, als Marie und ich irgendwann den Ton ausgedreht haben. Da haben wir dann die Stimmen der Wahlgewinner und Verlierer nachsynchronisiert. Und uns dabei abgefahrene Koalitionsgespräche ausgedacht. Zwischen Parteien, die von allein nie auf die Idee gekommen wären, zu koalieren! Wir haben unsere Gespräche sogar aufgezeichnet und haben dann überlegt, den Parteien einen Mitschnitt davon zuzuschicken, mussten aber feststellen, dass man vor lauter Gelächter eh nichts verstand. Cool übrigens, so ein polnischer Pass. Im Gegensatz zu unserem ist euer Vogel ja gekrönt.

08. September, 15:28h
An: lona.mastroianni@web.de
Betreff: Vogel

Wer seid *ihr*, werte Dänen-Italiener-Mixtur? Deutsch? Es ist aber auf jeden Fall bewundernswert, wie ihr euch in die Regierungsbildung eures Landes mit einbringt. Übrigens habe ich sogar zwei polnische Pässe zurzeit. Aber das ist eine andere Geschichte.

08. September, 15:31h
An: marc_bueffel@aol.com
Betreff: **AW:** Vogel

Natürlich ist das eine andere Geschichte, lieber Marc. Eine weitere, die du mir gegenüber zu verschweigen gedenkst. Aber ich habe da schon so meine Theorien. Du hast zwei Pässe, weil du eine gespaltene Persönlichkeit bist. Oder aber du bist kriminell. Du lebst eine doppelte Identität. Und deine Sympathie für John le Carré und Stella Rimington hat einen beruflichen Hintergrund. Aber wenn du schon für das MI5 arbeitest, wäre dann nicht der britische Zweitpass sinnvoller?
Übrigens finde ich überhaupt nicht, dass du schlecht formulierst. Ganz im Gegenteil. Deine Beschreibung von Stromboli würde ich sogar als poetisch bezeichnen! Damit hast du mich vollkommen überzeugt!

08. September, 15:33h
An: lona.mastroianni@web.de
Betreff: Die ??? und das Rätsel von Stromboli

Mist, jetzt hast du es gemerkt. Ich bin der geheimnisvolle Westspion. Das heißt, du willst hinfahren – nach Stromboli???

08. September, 15:34h
An: marc_bueffel@aol.com
Betreff: AW: Die ??? und das Rätsel von Stromboli

Ja. Mit dir.

08. September, 15:35h
An: lona.mastroianni@web.de
Betreff: RE: AW: Die ??? und das Rätsel von Stromboli

Jetzt ärgere ich mich über die Blinddarmentzündung mehr denn je.

08. September, 15:36h
An: marc_bueffel@aol.com
Betreff: RE: RE: AW: Die ??? und das Rätsel von Stromboli

Weil das MI5 in nächster Zeit auf dich verzichten muss? Weil du den Aufstieg auf den Vulkan noch nicht schaffst?

08. September, 15:37h
An: lona.mastroianni@web.de
Betreff: RE: RE: RE: AW: Die ??? und das Rätsel von Stromboli

---

Den Aufstieg kriege ich schon hin. Und ich bin zuversichtlich, dass auch der britische Geheimdienst meine OP überleben wird.
Nein, ich ärgere mich, weil die Narbe noch nicht ordentlich verheilt ist. Und weil mir der Arzt verboten hat, Luftsprünge zu machen, solange die Narbe noch frisch ist. Weil ich mir im Moment gerade nichts anderes vorstellen kann, als Luftsprünge zu machen. Außer dir zu schreiben, hier und jetzt. Okay, dann eben verbale Luftsprünge. Ich! Freue! Mich! Auf Stromboli! Auf dich!

08. September, 15:39h
An: marc_bueffel@aol.com
Betreff: Gänsehaut

Und ich mich auf dich.

---

11. september, 23:01 h

Wer auch immer behauptet hat, Familienausflüge seien anstrengend, ist mit dem sizilianischen Zweig der Familie Mastroianni noch nicht unterwegs gewesen. In diesen speziellen Genpool einzutauchen, ist nicht nur anstrengend, es ist auch gefährlich. Es erfordert mindestens die Befähigung zum Leistungsschwimmer. Die Wellen schlagen hier manchmal ziemlich hoch.

Der Tag beginnt, als es noch gar nicht Tag ist, und ich habe mal wieder ein kleines Déjà-vu. Mein Großvater brüllt mir nämlich «Aufstehen, piccolina!» ins Ohr, genau wie damals, als wir den Vulkangipfel von Salina per Motorino erkunden wollten. Oder als er den Familienrat einberufen hat. Ein müder Blick auf den Wecker zeigt mir, dass es fünf Uhr dreißig ist, woraufhin ich ihn bitte, sich nochmal vier Stunden hinzulegen. Nein, antwortet mein Großvater, *jetzt* müsse es sein, und zwar *subito*, denn später sei es ja viel zu heiß. Eine verwirrte Minute lang frage ich mich, ob ich wohl in eine dieser Zeitschleifen geraten sei, von denen Astrophysiker und Science-Fiction-Autoren immer wieder berichten, und ob ich jetzt alle Ereignisse dieses Sommers noch einmal erleben müsse, nicht vorhandene Delphine und real existierende Wespen inklusive.

Draußen ist es noch dunkel. Allein ein rötlicher Schimmer verrät mir, dass bald die Sonne aufgehen wird. Während ich versuche, mich daran zu erinnern, was um Himmels willen ich an meinem freien Tag hier gerade tue, tritt Großvater von einem Bein auf das andere und fragt, wann es denn endlich losgehen wird. Zum Glück fragt er es jetzt nicht mehr mich, sondern Tante Graziella, die soeben die Küche betreten hat, um einen Espresso aufzusetzen, sodass ich mit einiger Sicherheit sagen kann, dass die Zeitschleife durchbrochen ist, denn bei dem Motorino-Ausflug damals war Tante Graziella ja nicht am Start.

Später, als wir alle am Küchentisch versammelt sind, planen wir unseren Tag. Das heißt, die anderen planen, ich habe keine Ahnung, was man auf Panarea so unternehmen kann. Tante Graziella möchte gern in einem bestimmten Fischrestaurant einkehren, über das sie einen Gast neulich hat tuscheln hören, dass es viel besser als das unserige auf Salina sei. Jetzt begreife ich natürlich, wie die Idee mit dem Familienausflug nach Panarea überhaupt zustande gekommen ist. Großvater äußert den Wunsch, mit dem Motorino über die Insel zu fahren, und Großmutter möchte dringend die Schneiderin aufsuchen, die für Onkel Lorenzo das Taufkleid geschneidert hatte, das schöne mit den Brüsseler Spitzen. Leider erklärt mein Onkel an dieser Stelle, dass diese Schneiderin schon 1969 nach Amerika ausgewandert sei und dass an der Stelle der Schneiderei jetzt ein Computerfachgeschäft stünde. Das stürzt meine Großmutter in eine für sizilianische Umstände milde Verzweiflung, das heißt, sie wirft die Hände in die Luft und ruft laut die Madonna an. Dann wirft sie einen anklagenden Blick auf mich. «Das ist alles eure Schuld!», ruft sie mir zu. «Das alles passiert nur wegen eurer Computersucht!» Ich kann darauf gerade nicht antworten, denn die Vorstellung von Onkel Lorenzo in einem weißen Spitzenkleidchen mit neckischen Schleifen und Bändern hat einen Lachanfall in mir ausgelöst, der mich von Kopf bis Fuß durchschüttelt und mir die Tränen in die Augen treibt. Ich halte mir mühsam die Hand vor den Mund.

Das wiederum bringt jetzt auch Tante Graziella dazu, mich böse anzufunkeln. «Hast du gestern Abend

Alkohol getrunken?», will sie von mir wissen. Was ich guten Gewissens verneinen kann. Meine Tante öffnet den Mund, zweifelsohne, um mich über die nachteiligen Auswirkungen von alkoholischen Getränken aufzuklären, doch zum Glück klingelt es in diesem Augenblick an der Tür. Cousine Antonella und der erste in einer Dreierreihe von Giuseppes, Tierschützer-Giuseppe nämlich, betritt das Haus.

Mir bleibt der Mund offen stehen. Trotz der Morgenkühle trägt Giuseppe seine Jacke im Arm. Und zwar so vorsichtig, als sei sie sein Säugling. Doch nicht die Jacke ist es, die er so umsichtig umschlungen hält, sondern ein kleiner Kuckuck, erklärt er mit anklagendem Blick auf Antonella. Die daraufhin erwidert, sie wisse nicht, wie oft sie es noch wiederholen solle, sie habe den Kuckuck beim Autofahren für eine Sammlung von Blättern gehalten, weiter nichts.

«Was tust du, wenn beim nächsten Mal ein Mensch auf der Straße liegt?», fragt ihr aufgebrachter Bruder. «Hältst du ihn dann für einen Ast?»

«Du bist über den Kuckuck drübergefahren?», ruft Tante Graziella entsetzt. Ihre Empörung verwundert mich ein bisschen. Im Zusammenhang mit der Wespenaffäre hatte ich sie nicht als Tierliebhaberin kennengelernt.

«Sie wäre», erklärt Giuseppe. «Aber zum Glück habe ich ins Steuer gegriffen und das Auto zur Seite gelenkt.»

«Wir brauchen deinen Geländewagen und das Abschleppseil», wendet sich Antonella an meinen Onkel Lorenzo.

Der sieht überrascht von seiner Zeitung auf, auf dessen Titelblatt in riesigen schwarzen Lettern die Fußballergebnisse stehen. «Wozu?»

«Na, um meinen Wagen wieder aus dem Graben zu ziehen.»

Augenblicklich schlägt die Empörung gegen meine rücksichtslos Kuckucksvöglein niedermähende Cousine in Empörung gegen Giuseppe um.

«Habe ich richtig verstanden?», fragt Onkel Lorenzo mit drohender Stimme. «Du hast Antonellas Wagen wegen eines *Kuckucks*», er betont das Wort, als sei es etwas Obszönes, «in einen Graben gelenkt?»

Giuseppe drückt die Schultern durch. «Ja, Onkel. Ich achte auch kleinere Wesen. Aus Respekt und Anstand. Das schulde ich Mutter Natur!»

Mein Onkel vergräbt seinen Kopf in beide Hände. Ich hätte gut Lust, es ihm gleichzutun. Vielleicht wäre dies hier der geeignete Zeitpunkt, um wieder ins Bett zu verschwinden? Der Ausflug nach Panarea scheint plötzlich ganz weit weg. Ich überlege noch, wie ich meine müden Knochen aus der Küche in Richtung Stube bewegen kann, ohne dass es allzu sehr auffällt, da richtet Onkel Lorenzo sich wieder auf. «Va bene, Graziella, du packst schon mal den Korb für den Ausflug. Antonella, du hilfst ihr dabei. Ich hole den Geländewagen. Lona und Giuseppe, ihr beide kommt mit!»

«Und wer kümmert sich um den Kuckuck?», höre ich Giuseppe fragen. «Er ist aus seinem Nest gefallen, und jetzt ist er ganz kalt!»

Den Tumult, der hinter mir ausbricht, als ich die Küche verlasse, bekomme ich nur noch bruchstückhaft mit. Nur dass sich irgendwer zum Teufel scheren könne, höre ich noch. Aber ob dieses Schicksal Giuseppe oder den Kuckuck ereilen soll, erfahre ich nicht mehr.

Die Sonne schickt ihre hellen Strahlen über das Meer, als wir zwei Stunden später endlich fertig sind und gemeinsam zum kleinen Hafen hinuntergehen. Ich finde, dass wir eine sehr auffällige Gruppe sind, Großvater, Großmutter, Tante Graziella mit ihren hochhackigen roten Pumps, die sie eigens für diesen Tag gekauft hat, Onkel Lorenzo, Antonella, Giuseppe mit seiner geschienten Nase, der andere Giuseppe, Tierschützer-Giuseppe, der Kuckuck und ich. Aber wir erregen nicht mehr Aufsehen als gewöhnlich. Am Anleger stehen eine Gruppe von Touristen sowie mehrere Leute aus Rinella, die wie wir auf das kleine Schiff nach Panarea warten. Mit nur fünf Minuten Verspätung ist die Fähre an diesem Tag vergleichsweise pünktlich, und auch sonst läuft alles Weitere nach Plan. Die Begrüßung zwischen den Fährleuten und meiner Familie fällt sehr wortreich und herzlich aus. Wie immer, wenn wir Bekannte treffen, werde zunächst einmal ich vorgestellt. Das läuft immer nach demselben Schema. Und ich werde den Verdacht nicht los, dass sich die Inselbewohner abgesprochen haben. Das Gespräch, das jetzt folgt, ist mir nämlich sattsam bekannt:

«Dai, eine blonde Mastroianni! Wie konnte das passieren?»

«Na, Franceso hat doch eine Wikingerin geheiratet!»

«Ich dachte, die Wikinger wären ausgestorben!»

«Sind sie nicht! Lona ist der Beweis!»

Anschließend werde ich gefragt, wie ich es aushalte im kalten Norden und ob ich glücklich bin, jetzt in den Schoß der Familie zurückgekehrt zu sein. Ich tue ihnen den Gefallen und schildere Hamburg als eine Stadt, in der es immer regnet, und wenn es nicht regnet, ist es nebelig, oder es schneit. Meine Beschreibung verfehlt auch diesmal nicht ihre Wirkung. Der Mann von der Fähre erschauert und erklärt, ihm werde schon vom Zuhören ganz kalt. Dann fragt er mich, ob ich auf Salina wohnen bleiben will oder ob es mich eher zum sizilianischen Festland oder nach Neapel zieht. Ich antworte ihm, dass ich bald in Richtung Afrika aufbreche und dass mein Ziel der Südpol ist. Der Mann von der Fähre lacht. Er nimmt mich ganz offensichtlich nicht ernst.

Nur Giuseppe, der den Kuckuck noch immer in seiner Jacke umklammert hält, hat sich von uns abgesondert. Wegen des Motorenlärms und einer wortreich gestikulierenden Gruppe von Römern, die direkt neben mir steht, kann ich nicht verstehen, was Onkel Lorenzo mit dem Mann von der Fähre bespricht, als wir endlich ablegen, aber ich sehe, wie mein Onkel in Richtung Tierschützer-Cousin deutet und mit den Augen rollt. Giuseppe setzt sich sehr steif und würdig auf eine Bank.

Dann stelle ich mich an die Reling und sehe zu, wie Salina immer kleiner wird. Ich habe sie so liebgewonnen, diese Insel, wird mir mit einem Mal klar. Und meine italienische Familie. Überhaupt das Leben hier. Es ist wahr: Seit meiner Ankunft habe ich viel zu wenig geschlafen. Ich bin vollkommen ausgelaugt. Von der Arbeit, von verwirrenden Ereignissen, von den ganzen Eindrücken, dem Lärm. Und doch möchte ich mit niemandem tauschen. Ich habe mir vorgenommen, um die ganze Welt zur reisen. Aber jetzt, wo ich im Schneidersitz auf meinem Bett in dem kleinen Zimmer sitze, das ich auf Salina bewohne, und schreibe, wird mir klar: Nirgendwo anders möchte ich sein als hier.

12. september, 22:47h

Nicht, dass mir hier noch einer vorwirft, ich würde wieder alles über meine Familie und nichts über die Orte hier im Archipel erzählen: Jetzt kommt der Tag auf Panarea. Und der fängt mit einer guten Sache an.

Giuseppe hat mit dem Kuckuck die ganze Zeit im Windschatten der Fähre ausgeharrt, sodass der Vogel bei unserer Ankunft schon ganz warm ist und sich auch endlich wieder leise regt. Giuseppe ist so glücklich darüber, dass ihm das wunderschöne Panorama bei unserer Ankunft entgeht.

An dieser Stelle bitte die bekannte Fanfare aus Twentieth-Century-Fox-Filmen einspielen! Denn Panarea ist nicht nur unglaublich hübsch mit seiner sichelartigen Landzunge, die sich ins Meer Richtung Süden hineinwagt, mit seinen schroffen Felsen und dem unerwarteten Grün, es hat auch etwas sehr Aufregendes, wenn man sich vorstellt, dass die Rundmauern auf dem vorgelagerten Inselstück fast 3500 Jahre alt sind! Dass Menschen schon während der späten Bronzezeit auf diese Insel gerudert oder gepaddelt sind, um sich hier ein Leben aufzubauen. Dass sie es geschafft haben, hier ganz ohne Betonmischmaschine und Kräne Häuser zu errichten! Dass sie hier gelebt und geliebt haben, Kinder bekommen, Gemüse angepflanzt und Fische gefangen und bei all dem gewusst haben, dass ihr Glück (ist es Glück? War es damals Glück? Oder war es furchtbar langweilig?) keinen Bestand haben wird, denn sie haben ihre Häuser so gut es ging befestigt, und trotzdem sind sie überfallen und allesamt getötet und ausgeraubt worden. Die Archäologen haben bei ihren Ausgrabungen überall Spuren von Hausrat entdeckt, gerade so, als ob den Menschen, die hier ihr Dorf aufgebaut hatten, keine Zeit mehr zur Flucht geblieben wäre. Nein, langweilig kann es nicht gewesen sein, das Leben hier auf Panarea, an der Cala Junco, der kleinen Badebucht. Dafür lauerte überall viel zu viel Gefahr.

Aber diese prähistorische Siedlung haben wir erst später besichtigt, und zu diesem Zeitpunkt waren wir auch schon nicht mehr vollzählig. Es gibt auf Panarea nämlich keine Autos, ebenso wenig wie auf Alicudi oder Filicudi, meinen kleinen Rettungsinseln nach der missglückten Zurück-zur-Hippiezeit-Tour. Es gibt hier nur dreirädrige Knattermofas, *ape* genannt. Mit denen wird hier auf der Insel alles transportiert, Bauteile, geschlachtete Ochsen und in der Hochsaison natürlich hektoliterweise Champagner, denn Panarea ist in Süditalien so etwas wie in Deutschland die Insel Sylt. Und so gingen wir eben zu Fuß. Tante Graziella mit ihren hochhackigen roten Pumps schied schon nach dem ersten Gang vom Hafenort San Pietro zum Strand von

Calcara aus. Sie bekundete ihre Absicht, einen Espresso trinken zu gehen. Dass diese Espresso-Bar dem Fischrestaurant gegenüberlag, das sie beobachten wollte, wusste ich zu diesem Zeitpunkt noch nicht.

«Ich glaube, hier wird er recht glücklich werden», sagt Giuseppe mit Blick auf seinen Kuckuck, als wir den Strand erreichen und Antonella damit beginnt, die riesige Picknicktasche auszupacken.

Meine Cousine, die wegen des Autos noch immer sauer auf ihren Bruder ist, wendet ein, dass man da nicht so sicher sein könne, schließlich sei der Kuckuck mit den Gepflogenheiten auf einer fremden Insel nicht vertraut.

Giuseppe öffnet seine Jacke. «Du meinst, ich sollte ihn behalten?», fragt er, und ein freudiges Strahlen überzieht sein Gesicht.

«Untersteh dich», stößt Antonella hervor, während sie eine riesige Platte mit Bratenstücken aus der Tasche wuchtet und sie auf den Klapptisch knallt. «Wenn du zur Arbeit kommst, hast du dich gefälligst um das leibliche Wohl der Gäste zu kümmern und nicht um diesen komischen Vogel da.»

Giuseppe murmelt etwas von wegen, es seien auch ohne den Kuckuck schon genügend komische Vögel im Ristorante unterwegs, und lässt dabei offen, ob er von den Gästen oder den Angehörigen unserer Familie spricht. Ich gehe zu Großmutter hinüber, um mich zu vergewissern, dass es ihr gutgeht. So im Sand zu sitzen, ist gewiss nichts, was sie in den vergangenen dreißig Jahren besonders häufig getan hat. Und wirklich, als ich sie nach ihrem Befinden frage, blickt sie mich nur finster an. «Ich erkenne überhaupt nichts mehr wieder», erklärt sie.

Ich versuche sie mit dem Hinweis zu beruhigen, dass das vollkommen normal sei, schließlich sei seit 1962 eine Menge passiert.

«Was denn?», will Großmutter wissen.

Mir fallen bloß die Dinge ein, die ich im Geschichtsunterricht gelernt habe. «Vietnamkrieg, Studentenrevolte, sexuelle Revolution.»

«Das klingt nicht gut», bemerkt meine Nonna düster.

«Ja, aber sicherlich nicht hier auf Panarea», versuche ich sie zu trösten. «Und denk dran, es ist auch viel Gutes passiert. Der Kalte Krieg zwischen den USA und der Sowjetunion wurde beendet. Und seit 1972 dürfen Frauen auch ohne Zustimmung ihres Mannes ein eigenes Konto einrichten und arbeiten gehen.»

Großmutters Augen weiten sich. «Dürfen Sie? Warum hast du mir das nicht schon früher erzählt?»

«Das ist ein deutsches Gesetz. Ich weiß nicht, wie das in Italien ist», antworte ich und denke, dass ich das dringend einmal nachprüfen müsste. Meistens habe ich nämlich das Gefühl, dass Italien immer noch das heimliche Königreich für die Machos dieser Welt ist, aber dann kommt mir Italien wieder viel fortschrittlicher vor.

«Worüber redet ihr?», will Großvater wissen.

«Über die Schönheit der Natur», sage ich rasch. Das Letzte, was ich mir wünsche, ist eine postfeministische Debatte zwischen meinen Großeltern.

«Was gibt es darüber zu reden?», fragt Großvater

erstaunt, wobei er auf die leise glucksenden Wellen schaut, die auf den steinigen Strand schlagen. «Reicht doch, wenn man sie anguckt!»

Ich stimme ihm zu.

Der Vormittag plätschert zunächst ganz harmlos dahin. Antonella und ich gehen schwimmen und spielen Wasserball. Tierschützer-Giuseppe bleibt währenddessen mit seinem Kuckuck in der Sonne sitzen und sieht uns zu. Giuseppe (aus Malfa), der sich wegen seiner Nase noch immer schonen muss, hat seine Stifte hervorgeholt und zeichnet. Ich versuche, mit Antonella warm zu werden. Fast sieben Wochen arbeiten wir jetzt schon zusammen, und außerdem sind wir ja Cousinen. Aber eine rechte Freundschaft will nicht daraus entstehen. Ich beschließe, ihr ein Kompliment zu machen. Das ist unter Frauen ja immer schön. Und Antonella sieht ja wirklich sehr gut aus, wie ich finde. Sie hat sehr schöne dichte, dunkelbraune Haare, einen großen Busen und eine schmale Taille.

«Der Bikini steht dir gut», sage ich zu ihr, als wir endlich wieder auf unseren Handtüchern liegen und uns in der Sonne trocknen lassen. «Ich wünschte, ich hätte auch so eine rassige Figur!»

Antonella öffnet nicht einmal die Augen, als sie antwortet. «Das glaube ich dir, dass du die auch gern hättest. Du siehst ja eher wie ein Junge aus.»

Krach, das sitzt! Dabei hat meine Cousine noch nicht einmal unrecht. Mir fehlen in der Tat ein paar Pfunde an den entscheidenden Stellen. Daran hat auch die Power-Mästung von Tante Graziella nichts ändern können.

«Zum Glück ist Schönheit nicht das Einzige, was im Leben zählt», fügt Antonella noch hinzu.

Wäre ich von der boshaften Sorte, hätte ich jetzt etwas sagen können wie: Nein, ein paar Gehirnzellen tun einem in der Regel auch ganz gut. Aber ich bin nicht boshaft. Oder ... Doch, ich gebe es zu. Ein bisschen schon. So boshaft jedenfalls, dass ich es denke. Aber ich sage es nicht.

«Vielleicht kannst du deinen späteren Mann ja mit Kochkünsten und einem sauber gehaltenen Haus beglücken», fährt Antonella nach einer Weile fort. «Ein bisschen Haushaltsführung hast du bei uns ja schon gelernt.»

Ihr Tonfall gibt nichts preis, aber ich sehe sie an, um herauszufinden, ob das, was sie mir da gerade gesagt hat, ironisch gemeint war. Nein, kein Lächeln. Das war wohl ihr voller Ernst. Jetzt würde ich wirklich gern etwas entgegen. Aber mir fällt schlichtweg nichts ein.

Als die Sonne schon fast oben am Himmel steht, bemerkt Onkel Lorenzo, dass wir jetzt wohl besser nach Tante Graziella sehen sollten. Die Arme langweilt sich an diesem Vormittag bestimmt zu Tode in ihrer Espresso-Bar.

Großmutter und Antonella weigern sich, unter der sengenden Sonne zu Fuß zu gehen, also ruft Onkel Lorenzo einen seiner Kumpel an. Eine gute halbe Stunde später steht der mit seiner *ape* bei uns am Strand. Onkel Lorenzo fragt Großvater, ob er sicher sei, dass er nicht auch lieber gefahren werden möchte, aber Großvater wehrt ab. Wie oft Lorenzo ihm noch zu verstehen geben möchte, dass er vergreist sei, will er entrüstet wissen. Und dass sie jetzt gern um die Wette marschieren könnten. Wer als Erster in San Pietro ist.

Onkel Lorenzo gewinnt. Doch als wir in die Hauptstraße des Dorfes einbiegen, dort, wo sich die Espresso-Bar befindet, hält er abrupt inne. «Madonna mia …», murmelt er.

Zwei Carabinieri in dunkelblauer Uniform mit Pistolenhalfter an der Hüfte stehen mitten auf der Straße. Zwischen ihnen stehen zwei Frauen, die sich anbrüllen. Eine davon hält ein Carabiniero fest am Arm, und zwar die mit den hochhackigen, leuchtend roten Pumps.

In zwei Schritten ist Onkel Lorenzo bei seiner Frau. Jetzt erkenne ich, dass auch Großmutter von der anderen Straßenseite auf die Carabinieri zumarschiert. Antonella hält sich etwas abseits vom Geschehen. Onkel Lorenzos Kumpel, erfahre ich später, ist rasch weitergefahren, als er die blauen Uniformen gesehen hat. Angeblich hatte er noch etwas sehr Dringendes zu tun.

Während Großmutter lautstark zu wissen begehrt, aus welchem Grund die Polizei ihre Schwiegertochter hier in der Öffentlichkeit beleidigt, brüllt die andere Frau etwas, das nach Industriespionage klingt. Was Tante Graziella vehement bestreitet. Sie habe lediglich die Toiletten gesucht, erklärt sie. Und sich dann in der Tür geirrt.

Was in keinster Weise erklärt, warum sie dann die Köche nach dem Rezept für die Fischsauce gelöchert habe, entgegnet die Frau, deren Stimme mittlerweile die Lautstärke eines Containerschiff-Nebelhorns hat.

«Ich habe mich ja bloß gewundert, warum der Koch

die Kapern mit Zimt eingestäubt hat!», verteidigt sich Tante Graziella.

«Ja, und wenn schon!», schreit die Furie. «Das geht dich doch überhaupt nichts an!»

«Darf man also nicht mehr sagen, was einem durch den Kopf geht?», fragt Tante Graziella. «Und ich dachte immer, wir leben in einem freien Land!»

Es gibt genau eine Zeugin, die Tante Graziella jetzt den Rest geben könnte, und das ist die Krankenschwester aus dem Spital von Lipari, die meiner Tante bei ihrem ersten Besuch Hausarrest erteilt hat, und ich bete, dass sie sich an diesem Tag nicht unter den Gästen dieses Restaurants befindet oder sich gerade diesen Moment aussucht, um über die Straße des Hauptorts zu schlendern. Meine Gebete werden erhört. Am Ende können die Carabinieri nicht mehr tun, als Tante Graziella zu verwarnen. Sie dürfe nie wieder die Restaurantküche betreten, und schon gar nicht, schreit die Nebelhorn-Furie, dürfe sie noch einmal in den Rezeptzutaten herumschnüffeln. Damit hätte die Sache ein Ende haben können. Hat sie aber nicht. Denn als sich die Gruppe auflöst, ruft die Furie meiner Tante hinterher: «Und das alles nur, weil dein Geschäft nicht mehr so gut läuft, Graziella! Wie erbarmungswürdig du bist!» Was zur Folge hat, dass Tante Graziella sich umdreht, die Faust schüttelt und den Mund öffnet. Doch sie kommt nicht mehr dazu, eines dieser schlimmen Wörter zu sagen, die sie dem Gefängnis wieder ein Stück näher bringen, denn Onkel Lorenzo legt ihr die Hand vor den Mund.

Später denke ich über die ganze Szene nach. Ist es

wirklich so? Droht dem Ristorante auf Salina die Schließung? Hat meine Familie Sorgen, von denen ich keine Ahnung habe? Ich habe immer nur den nicht abreißenden Strom von schmutzigen Töpfen und Pfannen gesehen, nie ist mir der Verdacht gekommen, es könnten zu wenige sein. Und warum habe ich immer nur gedacht, dass das Leben einfach wird, wenn man erst einmal seinen Platz darin gefunden hat? Wenn man weiß, wo man wohnen, was man lernen möchte, welchen Beruf man später einmal ausübt, mit wem man zusammen ist. Und jetzt wird mir mit einem Mal bewusst, dass das nur der Anfang ist. Seinen Platz zu finden, ist die Grundlage. Aber die Sorgen und Probleme hören damit nicht auf.

Giuseppe (aus Malfa), mit dem ich heute darüber gesprochen habe, hat mir erklärt, dass es dem Ristorante noch nicht wirklich schlechtgeht, aber auch längst nicht mehr so gut wie noch vor zwei Jahren. Und das hätte nichts damit zu tun, dass Tante Graziella weniger gut kochen würde als die Furie von Panarea. Sondern damit, dass Panarea zunehmend die gut Betuchten aus Rom und aus Norditalien anzieht. Dagegen kämen sie auf Salina einfach nicht mehr an.

Wir suchen ein Restaurant, in dem wir Mittagspause machen können. Großvater, der von dem Tumult nichts mitbekommen hat, weil er von Giuseppe und dem Kuckuck begleitet erst dann in die Via San Pietro einbiegt, als alles überstanden ist, schlägt vor, in dem tollen Ristorante essen zu gehen, vor dem wir gerade stehen, schließlich dufte es da ja schon so verführerisch nach Fisch. Tante Graziella steht kurz vor einem

Wut- oder Ohnmachtsanfall, irgendetwas Schlimmem jedenfalls.

Wir machen uns also auf die Suche nach einer anderen Nahrungsquelle, aber es scheint wie verhext, entweder haben die Lokale nicht mehr genügend Tische für eine so große Gruppe wie uns oder sie haben geschlossen, oder aber das Essen sei schlecht, wie Großmutter nicht ganz vorurteilsfrei über einen Chinesen sagt.

Die Mittagshitze wird langsam zur Qual. Und wir haben alle fürchterlichen Hunger, trotz des kleinen Picknicks am Strand. Und so ist es wohl kein Wunder, dass ein kleiner Streit ausbricht. Onkel Lorenzo bedauert, nicht im berühmten Fischristorante von San Pietro essen zu können und gibt Tante Graziella die Schuld daran. Er hätte gern in ganz großem Rahmen spioniert, indem wir dort alle eingekehrt wären, und das hätte sicherlich mehr gebracht, als bloß einmal durch die Küche zu spazieren und sich sogleich von der Polizei schnappen zu lassen. Auch mit Großmutters Stimmung geht es plötzlich bergab. Wir stehen nämlich vor einem kleinen Elektronikladen (Computerfachgeschäft ist heillos übertrieben, der Mann hat unter anderem ein paar Disketten im Angebot, jenes uralte Speichermedium, mit dem unsere Altvorderen noch gearbeitet haben), und Großmutter streckt einen anklagenden Finger aus. Dann zieht sie Onkel Lorenzo am Ärmel, was ihn glücklicherweise ein bisschen von Tante Graziellas Schimpftirade ablenkt, und erklärt ihm, wie schön er in dem Taufkleid, das sie 1962 hier gekauft habe, ausgesehen hat.

«Er fliegt!», ruft Tierschützer-Giuseppe und deutet in den Himmel, in den sich der Kuckuck in diesem Augenblick erhebt. Dann strahlt er uns alle an. «Der Kuckuck kann wieder fliegen, und er wird leben! *Ragazzi*, heute ist ein schöner Tag!»

Großvater klatscht in die Hände. «So, und jetzt Schluss mit dem ganzen Unsinn!», beschließt er. «Wir gehen zu meinem Freund Toni unten zum Hafen! Toni macht die besten gefüllten Tintenfische der Welt!»

Gut möglich, dass er auch die einzigen macht. Jedenfalls habe ich bislang nicht gewusst, dass es dieses Gericht überhaupt gibt. Aber es schmeckt wirklich köstlich, jedenfalls, wenn man die Tintenfische so zubereitet wie dieser Toni. Aber zum Rezept darf ich nichts sagen. Vieles wird in Italien einfach so hinausposaunt. Wortreich, laut, untermalt mit vielen Gesten. Die Arbeitsmethoden von erfolgreichen italienischen Köchen gehören mit Sicherheit nicht dazu.

Ob der Kuckuck ein Unglücksrabe war? Kaum ist er fortgeflogen, bessert sich unsere Stimmung schlagartig. Was aber vielleicht auch daran liegt, dass wir endlich keinen Hunger mehr haben und dass bei Großvaters Freund Toni ausgelassene Stimmung herrscht. Toni weiß offensichtlich über die musikalischen Interessen der Mastroiannis Bescheid und drückt nach dem Essen Giuseppe (dem aus Malfa) eine Gitarre in die Hand. Nur singen kann Giuseppe nicht mehr so gut, was an seiner kaputten Nase liegt. Dafür übernimmt Tante Graziella die stimmliche Begleitung. Sie schmettert so laut und so falsch, dass ich kurz befürchte, die Polizei könne ein zweites Mal anrücken, diesmal wegen öffentlicher Ruhestörung oder so. Aber die meisten Zuhörer sind begeistert. Eine Gruppe von deutschen Touristen klatscht begeistert mit. Ich höre, wie eine dicke, blonde Frau zu einer anderen sagt: «Ah, diese Italiener! Sind sie nicht alle wie aus einem Film von Fellini oder aus einem Bilderbuch?»

Das sind wir aber nicht mehr allzu lange. Nach dem Essen schlägt Onkel Lorenzo vor, dass Großvater und Großmutter ihre Mittagsruhe bei Toni machen und wir anderen die Bucht bei Calcara erkunden. Die eignet sich übrigens auch hervorragend für Nichtschwimmer, zu denen unter anderem Tante Graziella zählt. Das werde ich übrigens nie begreifen! Wie kann man seinen Lebtag lang auf einer der schönsten Inseln der Welt verbringen mit dem herrlichsten Wasser vor Augen und nicht schwimmen lernen? Jedenfalls ist die Bucht von Calcara von Fumarolen erwärmt, und was jetzt so nett italienisch und wissenschaftlich klingt, ist nur die Umschreibung eines Schwefelbads, wie ich es auf Vulcano kennengelernt habe. Also sozusagen der vulkanische Atem. Fumarolen entstehen in flachen Gewässern, und das ist vor Calcara der Fall. Achtung, Chemie-Freaks, jetzt wird es auch für euch interessant! Durch den fehlenden Druck wird das Wasser aus den vulkanischen Quellen nämlich vollständig in Gas umgewandelt. Und darum raucht es im Wasser so hübsch. Vielleicht hätte ich in meinem vierten Prüfungsfach Chemie mit mehr Wissen punkten können, wenn ich die Bucht von Calcara schon früher gesehen hätte. Wie auch immer, jedenfalls sieht es absolut faszinierend aus, wie es so aus dem Wasser dampft und sprudelt. Und die Vorstellung, in absoluter Nähe zu einem aktiven Vulkan zu baden, gibt dem Ganzen dann noch einen zusätzlichen Kick. Man hat beim Schwimmen an dieser nordöstlichen Stelle von Panarea nämlich einen phantastischen Blick auf den rauchenden Kegel von Stromboli. Und das ist wunderschön!

Zum Glück gibt es am Strand auch ein Badehäuschen mit einer funktionierenden Dusche. Ja, die regelmäßigen Besuche von römischen Politgrößen und Stars und Sternchen hier auf Panarea zahlen sich auch in Waschgelegenheiten aus. Ich musste wieder an meine erste Station denken und an den denkwürdigen Abend, an dem ich schwefelverklebt und halbverhungert von einem netten deutschen Studenten gerettet wurde. Was für ein Tag! Ich überlege, ob ich Antonella davon erzählen sollte, aber schon bei dem Gedanken an ihren missbilligenden Gesichtsausdruck lasse ich es besser sein.

Nachdem wir alle fertig gebadet haben (nur Malfa-Giuseppe darf wegen seiner Nase noch immer nicht ins Wasser), essen wir erneut bei Toni. Eigentlich hatte er seinen Laden schon geschlossen, aber für uns hat er eine Ausnahme gemacht. Es gebe auch nichts Besonderes, verkündet er und tischt dann doch eine riesige Schüssel Pasta mit Kapern, Tomaten und Sardellen auf.

Es ist schon fast dunkel, als wir die letzte Fähre hinüber nach Salina nehmen. Ich bin so müde wie selten zuvor. Aber irgendwie bin ich auch glücklich. Das war ein herrlicher Tag.

12. September, 23:02h
An: lona.mastroianni@web.de
Betreff: Selbst schuld

Na bitte. Jetzt haben wir den Salat. Ich lese die Beschreibung eures Ausflugs (der ja nun wirklich nicht nur die reine Idylle gewesen zu sein scheint), und mich packt das Fernweh. Auf einmal verstehe ich mich selbst nicht mehr. Was um Himmels willen hat mich dazu getrieben, die Reise mit dir abzusagen?! Klar, Hormone machen blind, all das Dopamin und das Testosteron oder was auch immer in einem so aufwallt, wenn man verliebt ist, verhindert logisches Denken, das haben wir ja schließlich schon in Bio gelernt, aber wie bitte schön konnte ich so gedankenlos sein und auf Sonne und Abenteuer verzichten im Tausch gegen den grauen Alltag in der Stadt, in der ich seit achtzehn Jahren zu Hause bin? Ich meine, wie kann ich ab nächsten Monat mit wissenschaftlichem Verstand geschriebene Hausarbeiten abliefern, wenn ich schon an einer Basis-Frage gescheitert bin, die da lautet: was erleben, ja oder nein? Und bevor du jetzt fragst: Nein, mit Lennart ist alles in Ordnung, und mit meiner Mutter habe ich mich auch nicht gestritten, von heute Morgen einmal abgesehen, als ich die Heizung eingeschaltet habe, weil ich es vor Kälte nicht mehr aushielt (denn du hattest durchaus recht mit deiner Beschreibung von Hamburg, es ist bitterkalt und weht und regnet), überhaupt gibt es hier derzeit keine größeren Katastrophen, aber ich vermisse dich einfach so und möchte jetzt am liebsten bei dir sein!!!
Marie

12. September, 23:07h
An: marie.krueger@gmx.de
Betreff: Go for it!

Was hält dich denn davon ab, dir jetzt auf der Stelle ein Flugticket zu buchen, Süße? Das Bett hier ist sicher nicht das gemütlichste, und außerdem quietschen die Federn, und vor ein paar Tagen meinte Antonella, die manchmal ein paar Räume weiter schläft, ich würde neuerdings schnarchen, aber du bist hier total herzlich willkommen, ich habe ja schon allen von dir erzählt!

12. September, 23:13h
An: lona.mastroianni@web.de
Betreff: AW: Go for it!

Mich hält davon ab, dass ich gerade einen Job als Kellnerin gefunden habe (ja, auch ich mache jetzt in Gastronomie), den ich morgen beginne, weil meine Mutter, wie du weißt, mir das Studium nicht finanzieren kann und weil das BAFöG hinten und vorne nicht reicht. Weil ich vernünftig sein muss. Weil ich viel zu vernünftig bin.

---

12. september, 23:14h

---

marc_bueffel: Hallo Lona! Du bist online?
Lona: O wie fein! New York is calling!!!

12. September, 23:15h
An: marie.krueger@gmx.de
Betreff: RE: AW: Go for it!

Vergiss die Vernunft, Marie! Vergiss das Geld! Ich habe genug für zwei! Ich habe den ganzen Sommer über gearbeitet, das reicht für ein Flugticket Hamburg–Neapel oder meinetwegen auch Hamburg–Palermo und für die Überfahrt mit der Fähre und für ein, zwei Wochen Aufenthalt hier!

---

12. september, 23:16h

---

marc_bueffel: Nicht ganz. Bin auch gedanklich noch auf Lipari. Aber morgen auf Salina. (Gedanklich *und* körperlich.)

12. September, 23:21h
An: lona.mastroianni@web.de
Betreff: RE: RE: AW: Go for it!

Das kann ich nicht annehmen, Lona! Du brauchst doch das Geld für deine Afrika-Reise! Du kannst doch nicht mehr arbeiten, wenn du durch diese schwierigen Länder reist! Sowieso mache ich mir Sorgen um dich!

12. September, 23:23h
An: marie.krueger@gmx.de
Betreff: RE: RE: RE: AW: Go for it!

Dann gründe einen Club mit meinen Eltern! Den Besorgtsein-um-Lona-Club! Ehrlich, Marie, du bist doch noch nicht 44! Werd lieber Mitglied in *meiner* Partei!

---

12. september, 23:24h

Lona: Genial, Marc! Das passt super! Habe nämlich morgen einen freien Tag! Soll ich dich von der Fähre abholen? Wann kommst du an?
marc_bueffel: (ist abgemeldet)

12. September, 23:26h
An: lona.mastroianni@web.de
Betreff: RE: RE: RE: RE: AW: Go for it!

Ehrlich, Lona, ich verstehe mich gerade selbst nicht! Ich fand Leute immer total bekloppt, die sich nur um Vernunftgründe scheren! Und jetzt bin ich selber so ein Mensch! Was meinst du, Lona, sieht so Erwachsenwerdung aus? Dass man nur noch die Dinge will, die man nicht darf, und umgekehrt, dass man die Dinge darf, die man auf keinen Fall will? Ich habe Angst, Lona. Angst davor, dass mein Leben nicht in die Richtung geht, die ich ihm geben wollte. Wir sind mit der Schule fertig, uns stehen alle Möglichkeiten offen, aber es sind so viele Möglichkeiten … Ich weiß auf einmal nicht mehr, was ich will …

12. September, 23:28h
An: marc_bueffel@aol.com
Betreff: Bitte kommen

Lieber Marc, ich habe dir gerade im Chat geantwortet, aber du warst schon abgemeldet. Ich habe dich doch richtig verstanden, dass du mich besuchen kommst? Wann kommst du an? Ich kann dich abholen kommen!

12. September, 23:32h
An: marie.krueger@gmx.de
Betreff: Die Sinnfrage

Liebste Marie. Es gibt immer zehntausend Gründe, die für oder gegen eine Sache sprechen. Ich aber sage dir: Komm ganz schnell zu mir, der Rest wird sich finden! Wenn du dich beeilst, lernst du sogar Marc noch kennen! Er kommt morgen für einen Tag hierher! Ist dein Bein eigentlich wieder ganz in Ordnung? In Anbetracht der Tatsache, dass du zu kellnern gedenkst, gehe ich davon aus. Es sei denn, du bist ein Krücken-und-Teller-Hantier-Talent!

12. September, 23:36h
An: lona.mastroianni@web.de
Betreff: Abrakadabra

Danke für deine Leichtigkeit, Lona. Ehrlich gesagt, beneide ich dich nicht nur um deine momentane Umgebung, sondern auch um deine Fähigkeit, einfach leicht zu sein. Könntest du bitte noch einmal einen deiner berühmten Zaubersprüche wirken lassen, so wie damals, als ich im Wartezimmer saß? Ich gehe jetzt schlafen. Morgen ist ein neuer Tag.

12. September, 23:37h
An: marie.krueger@gmx.de
Betreff: AW: Abrakadabra

Schlaf schön, Süße und träume bunt!!

13. September, 10:22h
An: marc_bueffel@aol.com
Betreff: Abteilung Lost & Found

Lieber Marc, sagtest du nicht gestern, dass du heute kommen wolltest? Wo bleibst du denn? Das letzte Geheimnis einer Urlaubsbekanntschaft, die Ziffernfolge deiner Mobilnummer nämlich, hast du zwar schon gelüftet, aber dummerweise ist dein Handy entweder ausgeschaltet, oder du gehst nicht ran. Wenn du also nicht willst, dass ich einen weiteren freien Tag in Gesellschaft meiner seltsamen Anverwandten verbringe (ich sag nur Kuckuck), dann melde dich schnell! Deine Lona

13. September, 17:41h
An: marc_bueffel@aol.com
Betreff: Abteilung Lost

Lieber Marc, ehrlich gesagt, schwanke ich jetzt zwischen Sorge und dem Gefühl, von dir ein bisschen verschaukelt worden zu sein. Warum meldest du dich denn überhaupt nicht mehr? L.

13. September, 17:43h
An: marc_bueffel@aol.com
Betreff: News des Tages

Laut Online-Ausgabe des Giornale di Sicilia hat sich heute weder ein Vulkanausbruch noch sonst ein größeres Ereignis zugetragen, das dein Fortbleiben erklärt. Lipari.biz spricht zwar von einem Autounfall, der sich zur Mittagszeit auf der Hauptinsel zugetragen haben soll, doch die beteiligten Personen waren dem Reporter zufolge grauhaarig und weiblich. Weder die eine noch die andere Eigenschaft trifft auf dich zu. Letzte Zweifel meinerseits, ob du eventuell mit einer Perücke verkleidet das Straßennetz von Lipari testen wolltest, konnte der Artikel ausräumen, indem er das Alter der in den Unfall verwickelten Personen angab (65 und 71 Jahre). Auch Eolienews.blogspot.com spricht lediglich von einem sonnigen Ferientag ohne besondere Vorkommnisse – wenn man von dem Treffen zwischen dem italienischen Ministerpräsidenten und einem seiner Häschen auf Panarea absieht, das in etwa das Alter seiner Enkelinnen haben dürfte, worüber Großvater sich heute sehr aufgeregt hat. Seine Sympathien für die Regierung in Rom waren ja nie besonders ausgeprägt, aber heute hat er beschlossen, eine Bewegung für die Unabhängigkeit der Äolischen Inseln zu gründen. Erste Amtshandlung: ein Besuchsverbot für den, wie er es ausdrückt, alten Sack aus Rom. Wo zum Teufel steckst du also? Und warum meldest du dich nicht mehr?!

13. september, 22:47h

Liebe Freunde der gepflegten Abstimmungskultur, hier kommt euer Voting:

Was würdet ihr tun, wenn ein Freund sein Kommen ankündigt und dann nicht auftaucht?

☐ Notrufnummer wählen

☐ Umdenken: Die sizilianische Gastfreundschaft ist sicher auch nicht mehr das, was sie einmal war.

☐ Bei den ???, Miss Marple und Sherlock Holmes nachblättern: Wie haben Profispürnasen die Fälle von verschwundenen Personen gelöst?

☐ Sich an die statistische Untersuchung erinnern, der zufolge die Wahrscheinlichkeit eines Blitzeinschlags höher ist als die Wahrscheinlichkeit, dass fernbleibenden Männern etwas zugestoßen ist.

13. september, 23:49 h

marc_bueffel: Hi Lona, du bist ja noch online! Ich glaube, ich schulde dir eine Erklärung.

Lona: Ach Quatsch. Meinst du wirklich?

marc_bueffel: Mist. Du bist wirklich sauer, oder?

Lona: Wie würdest du dich nach einem Tag des Wartens fühlen?

marc_bueffel: Ich wäre jedenfalls nicht mehr in der Lage, witzige Votings zu formulieren.

Lona: Sondern? Gib mir vielleicht mal bei *diesem* Rätsel einen Tipp!

marc_bueffel: Ich war vor ein paar Monaten mal in einer solchen Situation.

Lona: Gut zu wissen. Machst du es jetzt eigentlich absichtlich so spannend oder wollen die Worte einfach nicht so wie du?

marc_bueffel: Ich war wütend, genau wie du jetzt. Es gibt aber auch eine Vorgeschichte, die erzähle ich dir, wenn wir uns sehen. Auf Stromboli.

Lona: Warum nicht hier auf Salina?

marc_bueffel: Möchtest du das denn? Ich hatte das Gefühl, dass dir mein Besuch eher ungelegen kam.

Lona: Wer bist du und warum bist du in die Haut meines Freundes Marc Nowitzky geschlüpft?

marc_bueffel: Okay, und jetzt für Dumme bitte!

Lona: Na ja, du schreibst, als hättest du meine Mail nie gelesen, in der ich dich gefragt habe, wann du ankommst und ob ich dich abholen soll und dass ich mich auf dich freue! Überhaupt klingst du völlig fremd!

marc_bueffel: Du auch.
Lona: Hast mich eben noch nie wütend erlebt.
marc_bueffel: Du bist wütend? Warum in aller Welt?!
Lona: Weil ich dieses Gespräch gerade extrem kompliziert finde. Weil ich nicht begreife, warum das so sein muss. Und weil du heute nicht gekommen bist!
marc_bueffel: Ich war da.
Lona: Warst du nicht.
marc_bueffel: War ich doch.
Lona: Gut. Tun wir so, als hätten wir den Kindergarten auch sprachlich hinter uns gelassen. Du warst also heute auf Salina. Und warum habe ich dich nicht gesehen?
marc_bueffel: Weil du damit beschäftig warst, einem männlichen Model das Gesicht zu streicheln?
Lona: Ich fasse es nicht. Du *kannst* nicht Marc Nowitzky sein!
marc_bueffel: Bitte schön. So bin ich eben, wenn ich eifersüchtig bin.
Lona: Also, meinen Cousin Giuseppe (aus Malfa, zeichnet unsere Speisekarten) freut es bestimmt, dass du ihn für ein männliches Model hältst. Vor allem jetzt, wo er diese Nase hat ... Ich habe ihm heute Morgen übrigens den Verband gewechselt, meinst du das mit Gesichtsstreichelei?!
marc_bueffel: Wow. Tut mir leid. Ich bin ein Idiot.
Lona: Nein, das bist du nicht. Das bist du überhaupt nicht. Du bist ganz großes Kino. Und ich möchte dich jetzt auf der Stelle sehen!!!
marc_bueffel: Ich bin schon wieder auf Lipari. Nachdem ich dich mit deinem vermeintlichen Freund ge-

sehen habe, bin ich mit der nächsten Fähre wieder zurückgefahren.

Lona: Das ist jetzt ganz *schlechtes* Kino. Aber mal ernsthaft: Warum hast du mir auf meine Mail nicht geantwortet? Warum hast du nicht gesagt, wann du kommst?

marc_bueffel: Ich wollte dich überraschen.

Lona: Überraschung! Ich bleibe nur drei Minuten und fahre sofort wieder ab!

marc_bueffel: Die nächste Fähre kam erst zwei Stunden später. Ich bin also ein bisschen länger geblieben …

Lona: Nicht lang genug für mich.

marc_bueffel: Wie lang wäre denn deine Wunschlänge gewesen?

Lona: Eine Woche. Bis zu unserer gemeinsamen Reise nach Stromboli. Und die soll auch nicht so schnell zu Ende gehen.

marc_bueffel: Ist das dein Ernst, Lona?

Lona: Ja. Wie lang würdest du mich denn gern sehen?

marc_bueffel: Ich würde wollen, dass es nicht mehr aufhört.

Lona: Marc …

marc_bueffel: Ja?

Lona: Ich wünschte wirklich, dass du jetzt hier wärst.

marc_bueffel: Ich auch.

Lona: Ich weiß jetzt gar nicht mehr, was ich sagen soll.

marc_bueffel: Du musst jetzt nichts mehr sagen.

Lona: Nein.

marc_bueffel: Ich komme morgen wieder. Wir machen das morgen einfach nochmal neu.

Lona: O Marc. Morgen geht es nicht. Ich muss arbeiten.

Und wenn die Gäste gegangen sind, soll ich meiner Tante helfen, Inventur zu machen. Heute wäre der perfekte Tag gewesen!

marc_bueffel: Wie lang arbeitest du noch bei deiner Tante?

Lona: Noch eine Woche.

marc_bueffel: Und dann bist du da fertig?

Lona: Ja.

marc_bueffel: Das ist bestimmt ein komisches Gefühl.

Lona: Es ist beides. Erleichterung, weil es zu Ende ist. Und ein bisschen Angst vor dem, was mich danach erwartet. Außerdem habe ich mich an meine Familie, so seltsam sie manchmal auch sein mag, echt gewöhnt! Ich werde sie unglaublich vermissen, das ist mir jetzt schon klar.

marc_bueffel: Wohin fliegst du im Anschluss genau?

Lona: Tunesien vermutlich. Habe aber noch nichts gebucht.

marc_bueffel: Du weißt, dass es auch Fährverbindungen nach Tunesien von Sizilien aus gibt?

Lona: Ehrlich? Klingt nach Abenteuer! Ist mir aber im Moment egal. Mir ist gerade etwas anderes wichtig.

marc_bueffel: Und was ist das?

Lona: Du.

marc_bueffel: Du auch. Du bist mir auch wichtig, Lona. Sehr sogar!

Lona: Wir sehen uns auf Stromboli. Nur noch sieben Tage!

marc_bueffel: Das ist viel zu lang!

Lona: Unerträglich!!!

marc_bueffel: Weißt du, Lona, ich muss dir viel erzählen. Ich weiß, dass ich mich bislang ein wenig zurückgehalten habe.

Lona: *lach* Ein wenig?! Das ist die Untertreibung des Jahrhunderts! Ich weiß so gut wie gar nichts über dich!!!

marc_bueffel: Doch, ein paar Sachen weißt du schon.

Lona: Dass du so ein Typ bist, den ich näher kennenlernen möchte, das weiß ich. Und dass ich dich sehr mag ...

marc_bueffel: Gut, dass du mich jetzt nicht sehen kannst!

Lona: Nein, das ist überhaupt nicht gut!

marc_bueffel: Das ist sogar sehr gut! Weil du Männer bestimmt lächerlich findest, die rot werden vor Verlegenheit ...

Lona: Im Gegenteil. Die mag ich sogar besonders gern!

marc_bueffel: 168

Lona: Wie bitte?

marc_bueffel: 168 Stunden noch dauert es, bis wir uns wiedersehen.

Lona: Vielleicht könnten wir uns in sieben Tagen ja schon am Morgen treffen! Das wären dann zwölf Stunden weniger!

marc_bueffel: 156

Lona: Ja, das ist immer noch viel zu viel!

marc_bueffel: Ich werde jetzt noch am Strand sitzen und an dich denken, Lona.

Lona: Gute Idee! Das mache ich auch!

marc_bueffel: Wir könnten uns beide denselben Stern ansehen. Das wäre dann ein bisschen so, als säßen wir nebeneinander.

Lona: Nein, das ist nicht so, überhaupt nicht! Denn wenn ich neben dir sitze, habe ich das Gefühl, mir explodiert das Herz!

marc_bueffel: Das geht mir ganz genauso.

Lona: Außerdem kenne ich mich mit Sternen nicht aus!

marc_bueffel: Wir halten beide Ausschau nach dem Stern, der am allerhellsten leuchtet. Und der gehört dann uns. Zumindest heute Nacht.

Lona: Ja, so machen wir das, Marc.

marc_bueffel: Hab eine schöne Nacht, Lona.

Lona: Du auch. Ich denke an dich.

marc_bueffel: Und ich an dich!

14. September, 01:47 h

An: marie.krueger@gmx.de

Betreff: Heute Nacht

Marie, bist du noch wach? Nur ganz schnell! Ich muss dir etwas sagen, weil ich, glaube ich, gleich ohnmächtig werde vor Gefühlen, die auf mich einrauschen, mich überschwemmen, mich total glücklich machen, aber gleichzeitig so wehmütig. Ich bin verliebt! Ganz schrecklich! Aber gleichzeitig bin ich auch so traurig. Denn ich werde Marc wohl nur noch einmal wiedersehen. In sieben Tagen auf Stromboli …

14. September, 09:17h
An: lona.mastroianni@web.de
Betreff: AW: Heute Nacht

Liebe Lona, was ist nur mit uns beiden? Ist das alles noch normal? Die eine hadert mit Entscheidungen, die andere mit Gefühlen. Eigentlich sollten wir so langsam aus dem Alter heraus sein, in dem Hormone, Eltern und wirre Gedanken uns beherrschen. Liegt es an dieser Zeit, in der wir groß geworden sind, dass wir zaudern? Dem Jahrhundert der unendlichen Möglichkeiten, dem einundzwanzigsten? Es ist ja wirklich ein Segen, dass wir diese vielen Möglichkeiten haben. Aber manchmal wünschte ich fast, die Auswahl wäre nicht so riesig. Oder dass ein anderer an meiner Stelle entscheidet. Dass irgendjemand auf dieser Welt weiß, was das Richtige für uns ist. Und dass er es uns sagt.
Stattdessen müssen wir uns auf uns selbst verlassen. Darauf vertrauen, dass unsere Entscheidungen die richtigen sind. Und dass wir aus den falschen Entscheidungen zumindest lernen.
Und jetzt wünsche ich dir, dass du mit deinem Marc, wer immer auch dieser Kerl sein mag, wunderschöne Stunden auf Stromboli verbringst. Alles andere ergibt sich dann bestimmt schon von selbst.
Deine Marie

14. September, 15:17h
An: marie.krueger@gmx.de
Betreff: Deine Gedanken

Danke für deine nachdenklichen und klugen Worte, Marie. Aber weißt du was? Ich würde immer wieder die Wahlfreiheit wählen! Und wenn es noch so schwer ist, sich für das Richtige zu entscheiden! Ich halte diese Freiheit sogar für eines der höchsten Güter unserer Zeit, immer in Verbindung mit dem Respekt vor dem anderen natürlich, für eine noble und nützliche Errungenschaft. Klar müssen wir einige Voraussetzungen erfüllen, um diese Wahlfreiheit nutzen zu können, wir müssen geistig in der Lage sein, Entscheidungen zu treffen, wir müssen uns eine eigene Meinung erarbeitet haben, und vermutlich müssen wir auch in gewisser Hinsicht moralische Standards haben, um uns und andere nicht zu gefährden. Es ist sicherlich der schwierigere Weg, und ich verstehe, dass Menschen sich lieber von einem Staat, einer Kirche oder von der Familie Verhaltensmaßregeln diktieren lassen. Dann ist ja alle Verantwortung abgegeben, man muss nicht jeden Augenblick aufs Neue Entscheidungen treffen, geht einfach den vorgezeichneten Weg. Aber ist das schlau? Macht es uns glücklich? Wollen wir uns nicht weiterentwickeln? Müssen Regeln in einer sich ständig verändernden Welt nicht immer wieder neu in Frage gestellt werden?
Ich glaube, dass wir Erfahrungen sammeln müssen. Viele Erfahrungen. Und dass wir dann, wie du sagst, aus den falschen Entscheidungen, die unangenehme Erfahrungen zur Folge haben, zumindest lernen. Und

vielleicht müssen wir uns hin und wieder auch einmal sagen: Ich habe diese Entscheidung getroffen, ich bleibe jetzt dabei. Du hast dich für ein Studium entschieden und dafür, in der Nähe eines geliebten Menschen zu leben. Das ist eine tolle Entscheidung! Und ich habe mich entschieden, ein bisschen durch die Welt zu ziehen. Und dass ich mich dabei verliebe, dass ich auch mit Sehnsucht und Liebeskummer zu kämpfen habe, ist eben das Risiko. Ich habe entschieden: Das gehe ich ein!
Sei ganz fest umarmt von deiner Lona,
die dich sehr vermisst

15. september, 15:19h

Hochverehrte Webgemeinde! Wem es bei der Fortbewegung nur auf das Tempo ankommt, kann entweder mit Stefano *motorino* fahren (bei Interesse vermittele ich gern einen Kontakt), oder er bleibt zu Hause und probiert es mit der Achterbahn. Ich habe jedenfalls beschlossen, das Prinzip Entschleunigung zu checken, und darum ist mein erstes Transportmittel nach Afrika nicht das Flugzeug, sondern ein Schiff. Es gibt eine Fährverbindung von Palermo nach Tunis, und die wird bevorzugt von Hartgesottenen genutzt. Nun will ich mich nicht robuster machen, als ich bin, aber diese Fähre reizt mich, denn zum einen ist die Überfahrt mit 50 Euronen pro erwachsener Person günstig, und zum anderen verspricht die zehnstündige Überfahrt kurzweilige Erlebnisse, wie mir ein Gast heute glaubhaft versichert hat. Zu buchen ist dieses maritime Abenteuer aber bequem per Mausklick, und das habe ich soeben getan! Und damit ist es beschlossen: Am 25. September ist Abreise. Dann ist die Episode Europa beendet. Und Afrika beginnt.

19. september, 22:15h

Mein letzter Arbeitstag im Ristorante bei Tante Graziella. Soll ich ehrlich sein? Als ich eben meine Schürze abgelegt habe, sind mir ein bisschen die Tränen gekommen. Vollkommen verrückt! Da habe ich nun fast acht Wochen lang dieses Abwaschwasser verflucht, das meine Hände rau und rissig gemacht hat, habe den ständigen Schlafmangel und die Rückenschmerzen verflucht, die man kriegt, wenn man elf Stunden am Tag über eine Spüle gebeugt steht, die für kleinere, südländischere Menschen als mich gebaut wurde. Und jetzt, wo alles zu Ende ist und ich mit einem Batzen Geld in der Tasche weiterziehen kann, da verdrücke ich ein paar Tränen! Aber es war eben auch eine extrem intensive Zeit!

Jetzt muss ich mich beeilen, die Giuseppes, Antonella und ich wollen nämlich gleich nach Malfa fahren, zu Nasen-Giuseppe, der sich eine Playstation und jede Menge Karaoke-Software gekauft hat! Vetternsingen, das rockt! Morgen früh fahre ich übrigens nach Stromboli, um auf den Vulkan zu klettern!

Doch, das Leben ist schön!!!

22. september, 00:07h

Ihr Lieben, ich weiß, dass ihr es alle in den Nachrichten gesehen habt. Zwischenzeitlich konnte ich keine Anrufe mehr entgegennehmen, weil das Mobilfunknetz hier zusammengebrochen ist. Nur dies hier auf die Schnelle: Mir geht es gut, wir sind evakuiert worden. Noch haben die Behörden keine Entwarnung gegeben, denn sie befürchten, dass Gesteinsmassen, die sich durch den Vulkanausbruch gelöst haben, ins Meer rutschen könnten. Das hätte eine Flutwelle zur Folge. Ausführlicherer Blog-Eintrag folgt. Heute und auch in den kommenden Tagen werde ich nur wenig schreiben können, was schade ist, weil ich viel zu erzählen habe. Der Karaoke-Abend vor drei Tagen kommt mir vor, als wäre er bereits eine Ewigkeit her. Alles ist so anders, so seltsam. Aber um mich braucht ihr euch keine Sorgen zu machen. Bin jetzt auf Lipari. Mama, Papa und Lasse, ich hab euch sehr lieb!

27. September, 22:14h
An: marie.krueger@gmx.de
Betreff: Abflug

Liebste Marie,
ich sitze am Flughafen von Roma-Fiumicino und habe Bauchschmerzen. Von meinem Platz auf der Wartebank kann ich direkt auf die große Anzeigetafel vor mir schauen. Buchstaben und Zahlen verschwinden kla-

ckernd, neue tauchen unablässig auf. Es ist ein ewiger Strom von Orten und Zeiten, die kommen und gehen, hier am Flughafen dieser Ewigen Stadt. Ich werde Europa jetzt für lange Zeit verlassen. Die Bauchschmerzen kommen wohl von der Angst.
Der Abschied von Salina ist mir sehr schwergefallen, schwerer, als ich gedacht hätte. Tante Graziella hat an meinem letzten Abend ein großes Fest gegeben, bei dem die gesamte Familie anwesend war. Es war ein Fest, das ich vermutlich nie im Leben vergessen werde. Vor allem deshalb, weil ich nicht gedacht hätte, es überhaupt erleben zu können. Cousin Giuseppe (der aus Malfa) war so betrunken, dass er auf dem Tisch getanzt hat. Ich habe mit Tante Graziella getanzt, was sich komisch angefühlt hat, weil sie mir trotz ihrer High Heels nur bis zur Schulter reicht, aber trotzdem darauf bestanden hat, mich zu führen. Angeblich, weil sie das bei Onkel Lorenzo auch immer tut. Mir schlägt immer noch das Gewissen, wenn ich an die Lügen denke, die ich ihr wegen der Tage auf Lipari aufgetischt habe. Ich habe so viel gegessen auf diesem Fest, dass ich noch immer satt bin. Die Bordmahlzeit nachher werde ich bestimmt nicht anrühren können. Selbst wenn ich dann keine Bauchschmerzen mehr hätte.
Aber der Reihe nach.
Marc musste noch ganze zwölf Tage nach der Operation im Krankenhaus bleiben. Die Mails, die er mir von seinem Krankenbett schickte, waren nett, witzig, klug, selbstironisch – und erstaunlich wechselhaft. Noch immer hatte ich das Gefühl, dass der Mann ein Geheimnis hat. Wenn ich versuchte, etwas über seine Vulkan-Rei-

sen zu erfahren, wich er mir aus. Vor allem habe ich nie etwas über seine Vergangenheit erfahren. Und ich wusste bis zum Schluss nicht, woran ich war. Interessierte er sich nun für mich oder nicht? Je undurchsichtiger er mir erschien, umso mehr spürte ich, dass ich ihm nah sein wollte. Dass ich verliebt in ihn war. Ich wurde süchtig nach seinen Mails. Den Laptop hatte ich von nun an immer in der Nähe, beim Abwasch, bei den Mahlzeiten in der Küche, beim Schwimmen, mein Postfach habe ich im Halbstundentakt geöffnet und war verzweifelt, wenn von ihm keine Antwort kam. Alles ging mir durch den Kopf, all unsere Treffen, jedes einzelne verunglückte und schräge Mal. Und dann, vor zehn Tagen, kam sein Vorschlag: Dass wir uns ein letztes Mal sehen, aber nicht nur flüchtig wie sonst. Auf Stromboli, der Insel mit dem ewig speienden Vulkan. Dass wir eine Wanderung zum Krater hinauf machen, nachts, dass wir dort zusammen übernachten. Und dass er mir dann etwas von sich erzählt.

Ich wusste, dass er vorhatte, am 23. September in die Staaten zurückzufliegen. Ich hingegen hatte ja die Überfahrt nach Tunis mit der Fähre gebucht. Am 20. September wollten wir uns auf Stromboli treffen, er von Lipari aus kommend, ich von Salina aus, das ließ uns mindestens zwei Tage gemeinsame Zeit.

Der Tag begann wie jeder andere auch. Blauer Himmel, Sommerwärme, das Meer ganz ruhig. Stromboli als blaugrauer Kegel am Horizont, aus dem der Rauch aufstieg. Marc erwartete mich am Anleger, blass und seltsam angespannt. Ich wäre ihm am liebsten um den Hals gefallen.

Und dann standen wir uns gegenüber, und ich bemerkte, dass seine Pupillen sich weiteten, als er mir in die Augen sah. Und auf einmal begann mein Herz so stark zu klopfen, dass ich dachte, es zerreißt mir die Brust. Ich stand wie gelähmt, donnernder Pulsschlag in den Ohren, und auf einmal stürzte Marc auf mich zu, riss mich in seine Arme, presste mich an sich, so fest, dass ich kaum noch atmen konnte, aber das machte mir nichts, ich musste ja auch nicht mehr atmen, gar nichts mehr musste ich tun, nur noch dastehen und ihn ebenfalls umschlingen und mit meinem Mund nach seinem suchen. Menschen rumpelten mit ihren Koffern und Taschen an uns vorbei, stießen uns dabei fast ins Wasser, wir standen ja mitten auf dem Fähranleger, jemand beschwerte sich lautstark. Und dann mussten wir lachen, Marc und ich. Die Spannung, die uns in den vergangenen Wochen so merkwürdig verlegen gemacht hat, war gebrochen. Marc strahlte mich an, sagte meinen Namen, ich flüsterte seinen.
Ich seh gerade, ich muss zu meinem Gate. Schicke diese Zeilen rasch ab, schreibe dir aber im Flugzeug weiter. Denke an dich, meine Süße, weiß nicht, wann wir uns wiedersehen, ich habe ja keinen Rückflug gebucht. Die Angst ist immer noch da, aber ich schließe die Augen, so wie damals in der fünften Klasse, als wir beide vom Zehner gesprungen sind, werde nicht mehr darüber nachdenken, was geschehen kann, ich tue es einfach jetzt.

28. September, 05:04h
An: marie.krueger@gmx.de
Betreff: Über den Wolken

Ein Sitzplatz vor dem Notausgang hat den Vorteil der Beinfreiheit und den Nachteil, dass die Massen des Sitznachbarn zu einem herüberquellen, denn vor dem Notausgang werden die Übergewichtigen platziert. Ich habe nichts gegen Dicke, aber die beiden, mit denen ich mir diese Sitzreihe teile, sind schon wirklich außergewöhnlich fett. Zum Glück scheint mein Nachbar zur Linken, der den mittleren Platz besetzt, kein allzu Neugieriger zu sein, sodass ich in aller Ruhe weiterschreiben kann. Noch acht Stunden, bis wir landen. Ich bin todmüde, werde gleich versuchen zu schlafen, weiß aber nicht, ob mir das gelingt.

Marc und ich haben mit dem Aufstieg auf den Vulkan noch am selben Tag begonnen. Normalerweise ist diese Wanderung nur in Begleitung von Menschen möglich, die einem mit Sicherheitshinweisen und anderen Spaßverhinderungen kommen. Aber Marc, der den Aufstieg schon mehrmals gemacht hat, meinte, uns könnte die Gipfelbesteigung auch ohne das sauertöpfische Element gelingen.

Du weißt, was dann geschehen ist. Ich habe euch ja sofort angerufen, nachdem wir gerettet worden sind. Ich habe Mama und auch dir gesagt, dass alles in Ordnung ist. Ich weiß, dass die Nachrichtenbilder von Stromboli furchtbar waren, und ich wollte nicht, dass ihr euch

Sorgen macht. Aber die Wahrheit ist, dass dieser Abend, diese Nacht, dass dieser Vulkanausbruch mich verändert hat. Weil ich ehrlich dachte, ich würde ihn nicht überleben. Und jetzt, wo ich hier sitze und nichts anderes zu tun habe, als über die vergangenen Wochen nachzudenken und über das, was ich jetzt tue, möchte ich mir alles von der Seele schreiben. Ich möchte mich dir öffnen, Marie, möchte, dass wir auf ewig Freundinnen bleiben, dass uns kein Streit mehr trennen kann.

Ich war glücklich während des Aufstiegs. Wie berauscht. Es gibt auf der Insel ein Ingrid-Bergman-Haus, um der Schauspielerin zu gedenken, die hier mit ihrem späteren Ehemann Roberto Rossellini den Film «Stromboli Terra di Dio» gedreht hat. Dahinter liegt eine Handvoll weißer Häuser wie zufällig hingewürfelt, und dazwischen führt ein Maultierpfad den Vulkan hinauf. Marc und ich haben uns eng umschlungen gehalten, während des ganzen Weges, durch Gärten, duftende Macchia und Schilffelder hindurch. Wir haben nicht viel gesprochen, immer noch nicht. «Aber wenn wir oben sind», versprach Marc.

Ich habe daran gedacht, dass er mir mal so nah ist und dann wieder so schrecklich weit weg, und ich wollte ihn fragen, warum, aber dann habe ich die Frage hinuntergeschluckt und gedacht: Oben. Oben frage ich ihn das. Dann erzählen wir uns alles, was man sich in einer Nacht sagen kann.

So vertieft war ich in meine Gedanken, dass ich zunächst einmal überhaupt nichts bemerkt habe. Auch Marc hat am Anfang nichts gespürt. Der Weg zu den Gipfelkratern zweigt etwa hundert Meter vor einer Piz-

zeria nach links ab, führt durch hohes Schilf und steigt dann in Schlangenlinien an. Nach etwa einer halben Stunde endet der gepflasterte Pfad. Von diesem Punkt kann man das Meer sehen, das sich strahlend blau bis an den Horizont erstreckt. Und wenn man sich umdreht, sieht man den untersten der aktiven Krater. Spätestens hier hätten wir etwas ahnen müssen, Marc hat sich später große Vorwürfe gemacht.
Ab hier steigt der Pfad ungepflastert weiter, über einen erstarrten rötlichen Lavafluss. Wir richteten uns nach den weiß-roten Zeichen, die in Kreide auf den Boden gezeichnet waren. So erreichten wir den Grat, der aus schwarzem Sand und Schlacken besteht. Und dann kam der Anblick, den ich zeit meines Lebens nicht vergessen werde. Die drei Schlünde des Vulkans tauchten vor uns auf, lodernd, feurig, gleißend hell. Marc nahm mich in den Arm, und wir küssten uns. Diesmal wollten wir gar nicht mehr aufhören damit. Und wozu auch? Wir waren ja angekommen, oben auf der Spitze. Und bei uns.
Und dann habe ich es doch gespürt. Ein leises Zittern, so als wäre mir schwindelig vom Küssen. Und das war es mir ja auch. Doch die nächste Erschütterung war so heftig, dass Marc und ich auseinandersprangen. Ich glaube, es war die Pizzeria, die ich sah, als Marc meinen Arm packte und wir den Weg hinabliefen, den wir gekommen waren. Ich konnte Leute erkennen, die herausliefen, mir schien, als zeigten sie auf uns, doch gleichzeitig wusste ich, dass es der Ausbruch war, dem ihr Interesse galt.
Ein ohrenbetäubender Lärm schlug uns von allen Seiten entgegen. Es war der Berg, der brach. Gesteinsbrocken

lösten sich, schwarz wirbelte es um uns her. Wie Perlen auf einer Schnur reihten sich die Explosionen aneinander. Durch den dichten grauen Nebel sah ich, wie eines der Häuser barst. Wie etwas in die Luft geschleudert wurde, wie es fiel, sich nicht mehr regte, und ich wusste nicht, ob es Häuser oder Menschen waren. Später hätte ich nicht mehr sagen können, ob ich weinte, ich weiß nur noch, wie Marc mich ansah, wie schwarz sein Gesicht auf einmal war, und noch hier spüre ich den Druck seiner Hand an meiner Rechten, fühle, wie er mich mit sich reißt.

Wir stolpern über Steine, wir laufen, aber auf einmal bemerke ich, dass ich nicht mehr atmen kann. Die Luft um mich her scheint sich aufgelöst zu haben, nichts Klares ist mehr darin, alles ist nur noch schwarz, heiß und stinkend. Erst jetzt bemerke ich, dass sich der Boden vor mir aufgetan hat und dass ich gerade hineinlaufe in diese Felsspalte, die in diesem Moment Hunderte oder Tausende Meter tief klafft, aber Marc zieht mich zur Seite, gerade rechtzeitig, und dann laufen wir weiter, über die rissige, bebende Erde den Berg hinab.

Wir drehen uns erst um, als wir Piscità erreichen, die hingewürfelte Ansammlung von weißen Häusern, die jetzt überhaupt nicht mehr weiß aussehen, sondern silbrig schwarz. Da sehen wir, wie Stromboli zittert und wie aus einem der Krater oben eine schwarze Wolke in den Himmel schießt. Drei Herzschläge später öffnet sich die Wolke, und schwarzer Ascheregen und Bimssteine prasseln auf uns herunter. Glühend rot kriecht die Lava aus dem Krater in Richtung Tal. Ich spüre, wie ich nicht mehr atmen kann. Dichter, stinkender Qualm erfüllt die

Luft. Ich sehe das Meer, das sich vor mir aufwölbt, schließe die Augen und denke an das Mädchen, damals vor fast zweitausend Jahren, das Mädchen, von dem ich mir vorgestellte habe, dass es ausziehen wollte, um die Welt zu erkunden. Die ihr Leben so geliebt hat und die mit einem Mal wusste: Jetzt bleibe ich für immer hier. Dann vermischen sich alle meine Erinnerungen: Ich denke an meinen Aufenthalt hier auf den Liparischen Inseln, an meinen Aufbruch in ein unbekanntes Jahr. Menschen kommen, die Decken um uns schlingen, uns wegtragen. Der Strand ist voller Schiffe, und dann spüre ich, wie ich doch weine. Marc liegt auf dem Boden des Schiffes, das mit uns in Richtung Panarea braust, und ich glaube, er atmet nicht mehr.

Meine Nachbarn in der Reihe vor den Notausgängen schlafen schon. Einige haben sich Augenmasken vor das Gesicht geschoben. Mir ist so kalt, dass ich am ganzen Körper zittere. Die Wolldecke bringt überhaupt nichts. Am liebsten würde ich jetzt aufspringen und hin und her laufen oder tanzen, damit mir wieder warm wird, aber das geht im Flugzeug nicht.

Auf Panarea sind wir nicht geblieben. Noch am selben Abend gab es einen Sammeltransport nach Lipari ins Krankenhaus. Dort wurden wir untersucht. Die meisten von uns hatten Rauchvergiftungen, ein paar wurden von den herumwirbelnden Gesteinsbrocken verletzt; zwei verstauchte Füße, mehrere Verbrennungen. Von fünf Touristen, die an diesem Nachmittag zum Vulkan hinaufgewandert waren, hieß es, sie seien tot. Ich weiß

nicht, was Marc und mir das Leben gerettet hat. Ich weiß nur, dass irgendwann in der Nacht, als wir uns auf dem Krankenhausflur wiederbegegneten, etwas komplett Absurdes geschah: Marc und ich kamen von der Untersuchung, wir trugen diese Krankenhausklamotten, und ich kam mir wie in einem besonders preisverdächtigen Kostüm auf einer Bad-Taste-Party vor. Es schien wohl mein Schicksal zu sein, immer schlimm auszusehen, wenn ich Marc begegnete, und auch Marc meinte, er hätte ein Déjà-vu. Er meinte, er wäre verflucht, denn was immer er auch täte, er landete hier im Krankenhaus. Dabei lächelte er mich so an, dass ich wieder dieses Grübchen in seiner linken Wange sah. Ich weiß nicht, wer zuerst damit anfing, aber wir hatten einen Lachanfall. Ich lachte so sehr, dass ich mich vornüberbeugen musste und nicht wieder hochkam. Irgendwann fragte mich Marc, ob auch alles in Ordnung mit mir wäre, aber ich konnte nicht mehr antworten. Nur noch lachen konnte ich. Die ganze Anspannung fiel von mir ab.
Wir hätten in jener Nacht eigentlich zur Beobachtung im Krankenhaus bleiben müssen, aber wir beschlossen, dass wir wiederhergestellt seien. Und so flüchtete ich zum zweiten Mal aus diesem Krankenhaus. Dabei erzählte ich Marc alles vom ersten Mal. Wir gingen die Straße in den Ort hinunter, und ich fragte mich, wo wir wohl schlafen würden, aber der Gedanke ging, wie er gekommen war. Wir würden schon etwas finden, und in der Tat schliefen wir später am Strand. Es war septemberwarm, perfekt für eine sizilianische Nacht, aber es funkelten keine Sterne mehr, denn der Himmel war von Lavawolken verhängt. Noch immer herrschte riesiger

Aufruhr, Schiffe legten an, Menschen kamen, und im Norden glühte es rot von Stromboli. Meine Lunge brannte, und ich hatte Mühe zu atmen, aber das kam auch von der Aufregung, die ich spürte, als ich so dicht im Sand neben diesem bezaubernden, rätselhaften Mann lag.
Marc fasste nach meiner Hand. Und dann begann er zu erzählen. Von Stralsund und seiner Kindheit. Und von einem Mädchen namens Veralinn.
Sie haben sich in der zweiten Klasse kennengelernt. Marc war neu an der Schule und wurde neben Veralinn gesetzt. In einem Alter, in dem Mädchen und Jungen sich nicht leiden können, haben sie sich angefreundet. Haben sich fast jeden Tag verabredet, gemeinsam Hausaufgaben gemacht, zusammen gespielt. Als sie dreizehn waren, haben sie sich zum ersten Mal geküsst.
Meine Lungen taten mir weh, und dann auch noch mein Herz, während ich zuhörte. Ich wollte das nicht wissen, wollte nicht Zeugin dieser Liebesgeschichte werden, die so offensichtlich rein und glücklich war. Ich wollte es ihm sagen, aber es war wie in einem dieser Albträume, ich brachte keinen Ton hervor.
«Warte», sagte Marc, der wohl spürte, was in mir vorging. Er beugte sich zu mir und küsste mich. «Es ist wichtig, dass du das weißt, damit du mich verstehst.»
Und so hörte ich die Geschichte weiter.
Sieben Jahre lang waren die beiden ein Paar. Machten gemeinsam Abitur. Und fingen dann an zu studieren. Marc Vulkanologie und Veralinn Modedesign. Er hätte nicht sagen könne, meinte Marc, wann die Beziehung auseinanderzudriften begann. Auch als er nach New York zog, weil er sein Stipendium für die Buffalo Uni-

versity in der Tasche hatte, sahen sie sich noch, sooft es bei einer Entfernung von sechstausend Kilometern eben ging. Und dann, vor fünf Monaten, wollte Veralinn wieder einmal zu ihm fliegen. Sie mochte New York, mochte die Mode, die sie dort tragen, ging in die Geschäfte an der Fifth Avenue, kaufte sich Magazine und war, wie Marc glaubte, einfach glücklich dort. Ihr Flugzeug landete, aber Veralinn war nicht drin. Es seien die schrecklichsten Stunden seines Lebens gewesen, meinte Marc, als er versuchte herauszufinden, was mit ihr geschehen war. Schließlich erreichte er ihre Mutter, die ihm ziemlich zögerlich mitteilte, dass Veralinn nicht losgeflogen wäre und dass er sich keine Sorgen zu machen brauchte. Und dann erwischte er sie schließlich. Sie habe jemand anderen kennengelernt, erklärte sie ihm am Telefon. Und wie schrecklich es in den vergangenen Jahren mit ihm gewesen wäre, weil er nur seine Vulkane im Kopf hatte und niemals sie.

«Seit diesem Tag denke ich, dass ich jemand bin, der andere Menschen unglücklich macht», sagte Marc und wandte sich mir zu. «Der nur seine eigenen Interessen im Kopf hat und nicht die der Menschen, die ihm nahestehen.» Im Schein der Hafenlichter konnte ich sein Gesicht erkennen. Seine Pupillen waren riesig und schwarz. Er blickte zwischen meinem Mund und meinen Augen hin und her, und ich spürte, dass er noch etwas sagen wollte. Ich wartete. Doch er schwieg.

«Und?», fragte ich leise. «Ist das so?»

«Ich weiß es nicht», sagte Marc und streichelte mir über den Kopf. «Ich weiß nur, dass ich schreckliche Angst habe, dich zu enttäuschen. Und dann habe ich immer

wieder solche Lust, dich zu sehen. Seit ich dich kennengelernt habe, damals auf Vulcano. Den ganzen Sommer über geht es mir jetzt so. Ich möchte dich kennenlernen, Lona. Ich möchte mit dir zusammen sein. Ich hab mich so in dich verliebt.»
Ich spürte, wie mein Herz zu rasen begann. «Und ich mich in dich.»
Marc strahlte. Und dann sah er wieder verzweifelt aus. «Aber Lona. Was soll daraus werden? Wie soll das jetzt weitergehen?»
Ich drehte mich zu ihm um und legte meinen Arm um ihn. «Ganz einfach», lächelte ich. «Ich komme mit dir nach New York.»

Wir setzen zur Landung auf dem John F. Kennedy Airport an. Ich muss jetzt aufhören. Die Angst ist weg. Ich spüre, wie es in mir kribbelt. Alles ist so anders, als ich es mir vorgestellt habe. Keine Fähre von Palermo nach Tunis. Kein Afrika. Keine Reise zum Südpol. Zumindest in den nächsten Monaten nicht. Mein Leben geht in Amerika weiter. Von New York aus will ich vielleicht nach Feuerland reisen. Oder aber zur Westküste und dann über den Pazifik in Richtung Asien. Vielleicht mit Marc, vielleicht alleine. Ich habe noch keinen richtigen Plan, nur Träume. Aber ich habe auf alles Lust, was kommt!

Maiken Nielsen

hat als Kind ihren Vater auf Frachtschiffsreisen begleitet und reist auch heute noch leidenschaftlich gern. Sie arbeitet als Redakteurin beim NDR in Hamburg und schreibt Romane für Jugendliche und Erwachsene.

Steffi von Wolff

Ausgezogen

Roman

rororo 21536

«Kommt überhaupt nicht in Frage!»

Das ist die Reaktion von Nicoles Mutter, als sie ihr verkündet, dass sie jetzt – mit Abitur in der Tasche – von zu Hause ausziehen wird. Kims Eltern andererseits werden kaum merken, dass ihre Tochter nicht mehr bei ihnen wohnt, da sie eh nie da sind. Saskia und Julia haben nur minimale Widerstände zu überwinden – und so setzen die vier Freundinnen ihren Plan in die Tat um und suchen sich eine eigene Wohnung.
Aber da ist noch was:
«Es bleibt doch alles so wie besprochen?», fragt Nicole ernst. «Keine Männer. Okay?»
«Keine Männer», wiederholen die anderen. «Wir schwören.»
Guter Plan. Aber es gibt sie nun mal, die Männer, und sie kratzen an der Tür ...

«Glückwunsch: Die Bestsellerautorin hat sich mal wieder selbst übertroffen! Frech und lustig!» YOUNG

BRE 212/1

★ ★ ★ ★ ★

1, 2, 3, 4 oder 5 Sterne?

Wie hat Ihnen dieses Buch gefallen?

Bewerten Sie es auf

www.LOVELYBOOKS.de

Das Literaturportal für Leser und Autoren

Finden Sie neue Buchempfehlungen,
richten Sie Ihre virtuelle Bibliothek ein,
schreiben Sie Ihre Rezensionen,
tauschen Sie sich mit Freunden aus
und entdecken Sie vieles mehr.

LB 2